古典詩歌研究彙刊

第一輯

龔鵬程　主編

第 14 冊

章法風格析論
——以蘇軾詞、姜夔詞為考察對象（下）

蒲　基　維　著

國家圖書館出版品預行編目資料

章法風格析論──以蘇軾詞、姜夔詞為考察對象（下）／蒲基
維著 -- 初版 -- 台北縣永和市：花木蘭文化出版社，2007〔
民 96〕
目 2+182 面；17×24 公分（古典詩歌研究彙刊 第一輯；第 14 冊）
ISBN-13：978-986-7128-92-8（全套：精裝）
ISBN-13：978-986-7128-85-0（精裝）
1.（宋）蘇軾－作品評論 2.（宋）姜夔－作品評論 3. 中國語
言－修辭

802.7   96003200

ISBN 986712885-0

9 789867 128850

古典詩歌研究彙刊
第一輯　第十四冊　　　　　ISBN：978-986-7128-85-0

章法風格析論──以蘇軾詞、姜夔詞為考察對象（下）

作　　者　蒲基維
主　　編　龔鵬程
出　　版　花木蘭文化出版社
發 行 所　花木蘭文化出版社
發 行 人　高小娟
聯絡地址　台北縣永和市中正路五九五號七樓之三
　　　　　電話：02-2923-1455／傳真：02-2923-1452
電子信箱　sut81518@ms59.hinet.net
初　　版　2007 年 3 月
定　　價　第一輯 20 冊（精裝）新台幣 28,000 元

章法風格析論——
以蘇軾詞、姜夔詞為考察對象(下)

蒲基維 著

目 錄

第五章 章法風格中「柔中寓剛」之作品證析

　　所謂「柔中寓剛」的風格，是指辭章的陰陽比例，其陰柔的成分明顯多於陽剛的成分，使辭章呈現如「淡雅」、「柔媚」、「婉約」、「含蓄」等具有陰柔特質的風致。章法風格所分析的「剛中寓柔」之風，主要就是在探討上述具陰柔特質之風格類型的內在邏輯。本章同樣運用章法風格的理論，列舉蘇軾、姜夔兩家詞中具陰柔風格的作品，藉由分析每一首詞內在所蘊含的陰、陽成分，或重新確認兩家婉約詞作的評論，或修正部分學者的論斷，以印證章法風格與辭章整體風格的密切關係。

第一節 蘇軾「柔中寓剛」之詞風舉隅

　　在蘇軾現存三百四十五首詞作之中，能夠體現所謂「豪放」風格的作品，實際上寥寥可數，反而其大部分的詞作都是屬於「清疏」、「婉約」的風格〔註1〕，此即章法風格中「柔中寓剛」的類型。本節列舉蘇軾詞風中具「柔中寓剛」特色的作品二十三首，除了探討此類風格的內在規律之外，也期望尋出蘇軾婉約詞與傳統婉約詞風的不同之處。

◎〈江城子〉湖上與張先同賦，時聞彈箏　　熙寧七年，1074

　　　鳳凰山下雨初晴。水風清，晚霞明。一朵芙蕖，開過尚盈盈。

〔註1〕 參見艾治平《婉約詞派的流變》（瀋陽：遼寧大學出版社，2000年5月第1版二刷），頁158-159。

何處飛來雙白鷺，如有意，慕娉婷。忽聞江上弄哀箏。苦含情，遣誰聽？煙斂雲收，依約是湘靈。欲待曲終尋問取，人不見，數峰青。

結構分析表：

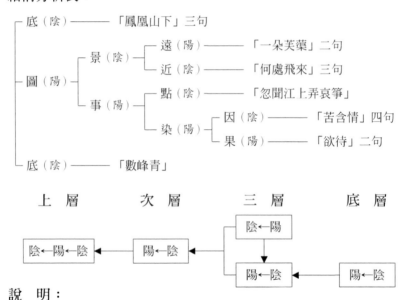

說　明：

　　這首詞是蘇軾通判杭州時期，與張先同游西湖所作。起首三句描寫西湖的湖光山色，作為背景，其後再進入焦點的描寫，寫景部分由遠而近，帶出芙蓉出水、白鷺傾慕的優美景致；詞的下片著眼於音樂的描寫，不僅強調「哀箏」所傳達的哀怨動人之情感，更藉由「煙斂雲收」來渲染大自然亦涵容了哀情，此時作者運用「湘靈女神」的典故，把原本哀怨的情思轉向幽緲空靈的境界；結句以「數峰青」收束，不僅呼應起首雨過山青的景象，更能緊扣心弦，帶給人無限聯想的空間。結構表的底層為「因（陰）→ 果（陽）」結構，其順向移位形成趨於陽剛的力量；三層的「遠（陽）→ 近（陰）」結構是逆向移位，而「點（陰）→ 染（陽）」結構屬順向移位，逆向移位所形成的陰柔之勢是大於順向移位的陽剛之勢；次層的「景（陰）→ 事（陽）」結構則又形成趨於陽剛的力量；上層的「底（陰）→ 圖（陽）→ 底（陰）」

爲核心結構，其轉位所形成的陰柔之勢非常明顯，也帶動全篇風格成
爲「柔中寓剛」的形式。邱俊鵬在分析此詞的意象經營時提到：

> 這首詞在寫作上的最大特點，是富於情趣。作者緊扣「聞
> 彈箏」這一詞題，從多方面描寫彈箏人的美好與動人的音樂。
> 詞把彈箏人置於雨後初晴、晚霞明麗的湖光山色之中，使人
> 物與自然景色相映成趣，樂音與山水相得益彰。〔註2〕

所謂「把彈箏人置於雨後初晴、晚霞明麗的湖光山色之中，使人物與
自然景色相映成趣」，即點明了此詞的「底→圖→底」結構所營造的
空間藝術。而龍沐勛所言：「極煙水微茫、空靈縹緲之致」〔註3〕，即
涵蓋了全篇的風格主調，也呼應了章法風格「柔中寓剛」的律動。

◎〈江城子〉孤山竹閣送述古　　熙寧七年，1074

> 翠娥羞黛怯人看。掩霜紈。淚偷彈。且盡一尊，收淚聽陽關。
> 漫道帝城天樣遠，天易見，見君難。畫堂新剏近孤山。曲闌
> 干。爲誰安。飛絮落花，春色屬明年。欲棹小舟尋舊事，無
> 處問，水連天。

結構分析表：

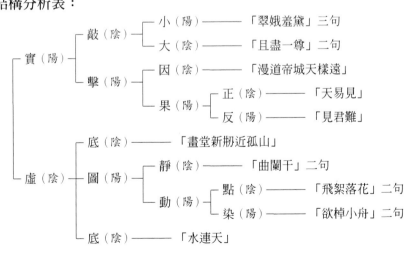

〔註2〕見《唐宋詞鑑賞集成‧邱俊鵬評》，頁802。
〔註3〕見龍沐勛《東坡樂府箋講疏》卷一，頁14。

－177－

上　層　　　　　次　層　　　　　三　層　　　　底　層

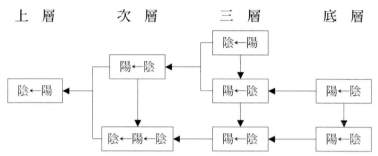

說　明：

　　這首詞是蘇軾任杭州通判時，爲送別友人陳述古所作。起首以側寫之筆法，描述歌妓含淚送別的情態，其後再以「天易見，見君難」，正面帶出歌妓的留戀之情；詞的下片落入景物的虛想，作者以「水連天」的孤山爲背景，描寫「畫堂」周圍動靜錯落的景致，這也是昔日作者同陳述古與歌妓游湖宴飲之處，而動景從設想未來著筆，敘述來年春天，駕舟尋覓，已無使君蹤跡，帶出更茫然的傷感。與結構表底層的「正（陰）→ 反（陽）」、「點（陰）→ 染（陽）」結構，均屬趨於陽剛之勢的移位，由於居於底層，其形成的陽剛力度影響全篇不大；三層的「小（陽）→ 大（陰）」結構爲逆向移位，而「因（陰）→ 果（陽）」、「靜（陰）→ 動（陽）」結構均爲順向移位，此一逆、二順的移位使這一層的陰陽趨於相濟；次層的「敲（陰）→ 擊（陽）」結構爲順向移位，產生趨於陽剛的力量，而「底（陰）→ 圖（陽）→ 底（陰）」的轉位所形成的陰柔之勢遠多於陽剛之勢，再加上上層的「實（陽）→ 虛（陰）」結構又是趨於陰柔之勢的移位，可知全篇陰柔的力度是大於陽剛之勢的。謝桃坊評此詞風格云：

　　　　這首詞屬於傳統婉約詞的寫法，表現較爲細緻，語調柔婉。……它是蘇軾早期送別詞中的佳作，反映了作者早期創作受傳統婉約詞風的影響。〔註4〕

既是傳統婉約詞的作法，其「柔中寓剛」的基調是可以被確定的。

────────────

〔註4〕見《唐宋詞鑑賞集成・謝桃坊評》，頁800。

◎〈南鄉子〉送述古　熙寧七年，1074

　　回首亂山橫。不見居人只見城。誰似臨平山上塔，亭亭，迎客西來送客行。歸路晚風清。一枕初寒夢不成。今夜殘燈斜照處，熒熒，秋雨晴時淚不晴。

結構分析表：

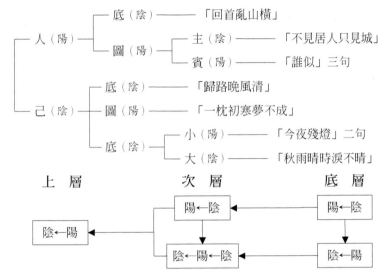

　　　　　　　　　　　┌─底（陰）────「回首亂山橫」
　　　　　　人（陽）─┤　　　　　　　┌─主（陰）────「不見居人只見城」
　　　　　　　　　　　└─圖（陽）─┤
　　　　　　　　　　　　　　　　　　└─賓（陽）────「誰似」三句
　　　　　　　　　　　┌─底（陰）────「歸路晚風清」
　　　　　　己（陰）─┼─圖（陽）────「一枕初寒夢不成」
　　　　　　　　　　　└─底（陰）─┬─小（陽）────「今夜殘燈」二句
　　　　　　　　　　　　　　　　　　└─大（陰）────「秋雨晴時淚不晴」

上　層　　　　　　次　層　　　　　　底　層

陽←陰　　　　　　陽←陰
陰←陽　　　陰←陽←陰　　　陰←陽

說　明：

　　這首詞也是蘇軾任杭州通判時送別陳述古所作。上片從好友陳述古的視角，描寫臨平山上互相道別的情景，以高塔的無情反襯作者與友人離別時的哀傷；下片描述自己送別後的心境，在返程中「殘燈斜照」、「秋雨初晴」的深夜，作者以孤枕反側的情狀，展現了人物形象的孤寂及其內心思念友人的深情。結構表的底層為順向移位的「主（陰）→賓（陽）」結構與逆向移位的「小（陽）→大（陰）」結構，其一順、一逆的陰陽消長，形成趨於陰柔的力量；次層的「底（陰）→圖（陽）」結構其順向移位形成趨於陽剛的力量，而「底（陰）→圖（陽）→底（陰）」結構的轉位作用卻形成更明顯的陰柔之勢，其陰柔的力度是大於陽剛之勢的；再以上層又是趨於陰柔的逆向移位，使全篇風格趨於「柔中寓剛」的形式。邱俊鵬在論述此詞的情思提到：

　　　　　蘇軾這首詞善於從社會人生常見的聚散之中展現出特
　　定環境中的眞情摯意。〔註5〕
送別的情境自古有之，而此詞無論是描寫好友的哀傷，或是自己孤寂
的心情，蘇軾以「亂山橫陳」、「歸路風清」、「殘燈斜照」、「秋雨初晴」
等景致爲背景，不用典故，不加藻飾，自然而然地烘托出作者對於友
人的眞情摯意。可見此篇「底→圖」結構與「底→圖→底」結構對於
情思的展現作用極大，此層結構所產生的陰柔之氣，再結合「眞情摯
意」的情感主調，可與全篇之「剛中寓柔」的格調相互呼應。

◎〈蝶戀花〉密州上元　　熙寧八年，1075
　　　　燈火錢塘三五夜。明月如霜，照見人如畫。帳底吹笙香吐麝。
　　　　更無一點塵隨馬。寂寞山城人老也，擊鼓吹簫，卻入農桑社。
　　　　火冷燈稀霜露下，昏昏雪意雲垂野。

結構分析表：

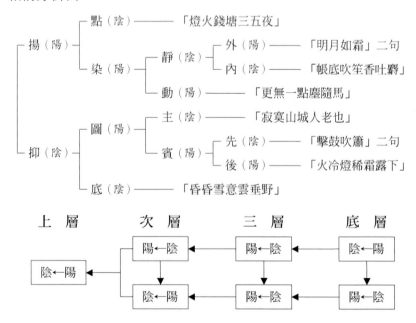

〔註5〕見《唐宋詞鑑賞集成‧邱俊鵬評》，頁 766。

說　明：

　　這首詞是蘇軾任密州知州的第一年元宵所作，旨在描寫密州元宵節的景致與心境。詞的上片描寫杭州元宵，下片才轉回密州的上元景色，杭州上元給人清潤之感，而密州上元卻顯得荒涼單調，兩者的景物、氣氛截然不同，也凸顯出作者現實心境上的孤單，結句「昏昏雪意雲垂野」更展現了淒慘低沈的意境。結構表的底層是「外（陽）→內（陰）」結構與「先（陰）→後（陽）」結構，其一逆、一順的移位作用，凸顯出陰柔的力量；三層為「靜（陰）→動（陽）」結構與「主（陰）→賓（陽）」結構，兩者皆為順向移位，其陽剛之勢漸強；次層是「點（陰）→染（陽）」結構與「圖（陽）→底（陰）」結構，其一順、一逆的移位消長，又凸顯了陰柔的力量；上層為「揚（陽）→抑（陰）」結構，其移位作用形成趨於陰柔的力量，再以「抑揚」章法對比之質性，又增強了此層的陰柔之勢。綜觀整體結構表的陰陽態勢，除了三層呈現陽剛之勢外，其餘各層皆趨於陰柔，可以明顯看出全篇「柔中寓剛」的基調。陳長明在描述此詞的意象經營時提到：

　　　　上片整個描寫杭州元宵景致，寫燈，寫月，寫人，詞句雖不多，卻是有聲有色。乍看似與題中「密州」無涉。到過片一句「寂寞山城人老也」只用「寂寞」二字一點，便將前面「錢塘三五夜」那一片熱鬧景象全部移來，為密州上元當前光景作反襯，再不須多著一字，使人領會到密州上元的寂寞冷落究竟是如何了。〔註6〕

此言杭州與密州上元的對比，使得作者心境上更加感受到「寂寞冷落」，行之於筆端，當然較容易形成陰柔低沈的格調，此與章法風格所分析的「柔中寓剛」之內在律動是相吻合的。

◎〈水調歌頭〉熙寧九年，1076

　　　　明月幾時有？把酒問青天。不知天上宮闕，今夕是何年。我欲乘風歸去，又恐瓊樓玉宇，高處不勝寒。起舞弄清影，何

〔註6〕見《唐宋詞鑑賞集成・陳長明評》，頁816-817。

似在人間！轉朱閣，低綺户，照無眠。不應有恨，何事長向
別時圓！人有悲歡離合，月有陰晴圓缺，此事古難全。但願
人長久，千里共嬋娟。

結構分析表：

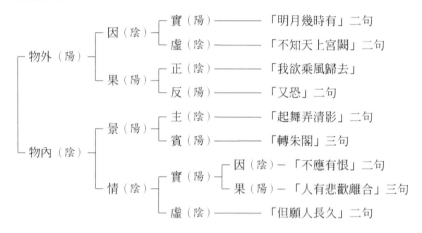

```
                                    ┌ 實（陽）─────「明月幾時有」二句
                         ┌ 因（陰）─┤
                         │          └ 虛（陰）─────「不知天上宮闕」二句
          ┌ 物外（陽）──┤
          │              │          ┌ 正（陰）─────「我欲乘風歸去」
          │              └ 果（陽）─┤
          │                         └ 反（陽）─────「又恐」二句
          │
          │                         ┌ 主（陰）─────「起舞弄清影」二句
          │              ┌ 景（陽）─┤
          │              │          └ 賓（陽）─────「轉朱閣」三句
          └ 物內（陰）──┤
                         │          ┌ 實（陽）─┬ 因（陰）─「不應有恨」二句
                         └ 情（陰）─┤         └ 果（陽）─「人有悲歡離合」三句
                                    └ 虛（陰）─────「但願人長久」二句
```

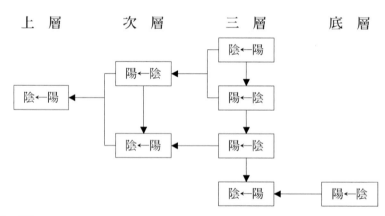

```
  上　層　　　次　層　　　三　層　　　底　層

                              ┌─ 陰←陽
              ┌─ 陽←陰 ←────┤
              │               └─ 陽←陰
  陰←陽 ←────┤
              │               ┌─ 陽←陰
              └─ 陰←陽 ←────┤
                              └─ 陰←陽 ←── 陽←陰
```

說　明：

　　這首詞作於蘇軾任密州知州，時爲神宗熙寧九年中秋，其主旨在
抒發作者外放時的縈獨情懷。起首訴諸明月，藉描述天上的縹緲宮
闕，表達自己徘徊在「出世」與「入世」、「進」與「退」、「仕」與「隱」
的矛盾心情；而後以「起舞弄清影，何似在人間」拉回現實，從飄渺
感性的悲嘆，走向實際理性的抒發，雖然月照無眠，仍應積極面對人

生的缺憾；「人有悲歡離合，月有陰晴圓缺，此事古難全」時爲作者在悲嘆感懷之後所領悟的積極哲思，而結句「但願人長久，千里共嬋娟」更是他積極奮發的具體願望。結構表的底層是「因（陰）→ 果（陽）」結構，其移位之勢趨於陽剛，此陽剛之勢居於底層，故對於全篇風格影響不大；三層出現兩疊「實（陽）→ 虛（陰）」結構以及「正（陰）→ 反（陽）」、「主（陰）→ 賓（陽）」結構，在兩次順向、兩次逆向的移位之中，其陰柔之勢明顯地大於陽剛之勢；次層的「因（陰）→ 果（陽）」結構與「景（陽）→ 情（陰）」結構，又是一順、一逆的移位，其陰柔之勢又被凸顯出來；上層的「外（陽）→ 內（陰）」爲核心結構，其勢又趨於陰柔。從整體結構的陰陽比例來看，其陰柔之勢是多於陽剛之勢的。黃昇《蓼園詞評》云：

> 纏綿婉惻之思，愈轉愈曲，愈曲愈深忠愛之思，令人玩味不盡。〔註7〕

所謂「纏綿婉惻之思」，確實是這首詞的最大特色，徐翰逢、陳長明亦以「飄逸空靈」、「韶秀」〔註8〕來界定此詞的風格，這都與章法風格所分析此詞之「柔中寓剛」的律動不謀而合。

◎〈陽關曲〉中秋作　熙寧十年，1077

> 暮雲收盡溢清寒，銀漢無聲轉玉盤。此生此夜不長好，明年明月何處看！

結構分析表：

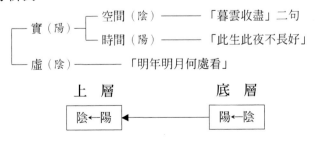

```
        ┌─ 空間（陰）──── 「暮雲收盡」二句
  ┌ 實（陽）┤
  │     └─ 時間（陽）──── 「此生此夜不長好」
  └ 虛（陰）──────── 「明年明月何處看」
```

```
      上　層              底　層

    ┌────────┐          ┌────────┐
    │ 陰←陽  │          │ 陽←陰  │
    └────────┘          └────────┘
```

〔註 7〕見黃氏《蓼園詞評‧水調歌頭》。收錄於曾棗莊《蘇詞彙評》，頁31。
〔註 8〕見《唐宋詞鑑賞集成‧徐翰逢、陳長明評》，頁718。

說　明：

　　這首中秋詞作於神宗熙寧十年，蘇軾時轉任徐州知州。當時其弟蘇轍亦在徐州任所，兩人同度中秋，遂作此詞。起筆二句描寫「暮雲收盡」、「銀漢無聲」的空闊之景，給人清新空靈之感；第三句就時間表達人世無常之嘆，進而生發「明年明月何處看」的茫然之情。其虛實錯落，時空交疊，營造出一種悠悠不盡的情韻。結構表僅兩層，底層的「空（陰）→ 時（陽）」結構是順向移位，其勢趨於陽剛；而上層的「實（陽）→ 虛（陰）」結構是逆向移位，其趨於陰柔的力度本來就比較明顯，再加上其核心結構的地位，成爲全篇風格的主調，也是這首詞形成「柔中寓剛」風格的主要因素。周嘯天評云：

> 全詞避開情事的實寫，只在「中秋月」上著筆。從月色的美好寫到「人月圓」的愉快，又從今年此夜推想明年中秋，歸結到別情。形象集中，境界高遠，語言清麗，意味深長。〔註9〕

所謂「語言清麗」是就其語法上的風格而言，再以其意象的「清新空靈」之感，似與章法風格之「柔中寓剛」的境界契合。

◎〈浣溪沙〉徐州石潭謝雨道上作五首之二　　元豐元年，1078

　　旋抹紅妝看使君，三三五五棘籬門。相挨踏破倩羅裙。老幼扶攜收麥社，烏鳶翔舞賽神村。逢道醉叟臥黃昏。

結構分析表：

〔註9〕見《唐宋詞鑑賞集成・周嘯天評》，頁 845。

說　明：

　　這組〈浣溪沙〉共五首，是蘇軾任徐州知州在石潭謝雨後，途經農村所記下的途中觀感。五首詞的內容雖有連貫，而其寫法、風格卻不盡相同。此為第二首，主要再描寫謝雨途中見聞。上片就近景描寫村姑爭看使君的神態，下片將鏡頭拉遠，描繪村民祭祀酬神、烏鳶盤旋的歡欣景象，結句落到老叟醉倒路邊的特寫，與前敘眾人的繁忙形成對比，卻都是呈現一種普遍的喜悅之情。結構表以「眾（陽）→ 寡（陰）」為核心結構，成為全篇趨於陰柔的主調。其底層的「偏（陽）→ 全（陰）」結構與「主（陰）→ 賓（陽）」結構，在一順、一逆的移位之中，其陰柔之勢明顯較多；次層的「近（陰）→ 遠（陽）」結構雖然形成趨於陽剛的力量，綜觀整體陰陽的態勢，此陽剛之勢仍小於整體的陰柔之勢，而呈現「柔中寓剛」的詞風。

◎〈浣溪沙〉徐州石潭謝雨道上作五首之三　　元豐元年，1078

　　麻葉層層葉光，誰家煮繭一村香。隔籬嬌語絡絲娘。垂白杖藜抬醉眼，捋青搗麥少軟飢腸。問言豆葉幾時黃。

結構分析表：

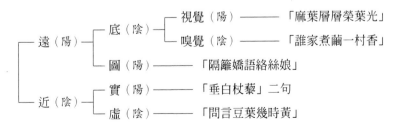

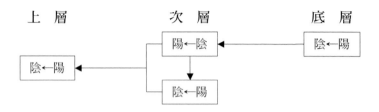

說　明：

　　第三首主要在描寫村中見聞。上片由遠景著筆，藉由感官知覺的轉換，描述農事的繁忙；下片就近景描寫，以採訪的筆調，描寫「垂白杖藜」的老人，正手持新麥欲擣成粉末以果腹，作者一句簡單的問候，蘊含著深厚的關切之情。結構表以「遠（陽）→ 近（陰）」爲核心結構，也是全篇風格偏於陰柔的主要因素。底層的「感官知覺」結構，其逆向移位形成趨於陰柔的力量；次層的「底（陰）→ 圖（陽）」結構與「實（陽）→ 虛（陰）」結構，又是一順、一逆的移位，其勢又趨於陰柔，兩層趨於陰柔的力量呼應於核心結構，自然形成全篇「柔中寓剛」的風格。周嘯天云：

> 作者並沒有把雨後農村理想化，他不停留在隔離的觀察上，而是較深入地接觸到農民生活的實際情況，所以具有相當濃郁的生活氣息。〔註10〕

從詞情所展現的平易近人、關切深刻的筆調，實蘊含著清遠柔婉的風致，此與結構表所呈現的「柔中寓剛」之格調是一致的。

◎〈江城子〉別徐州　元豐二年，1079

　　天涯流落思無窮！既相逢，卻匆匆。攜手佳人，和淚折殘紅。爲問東風餘幾許？春縱在，誰與同！隋堤三月水溶溶。背歸鴻，去吳中。回首彭城，清泗與淮通。欲寄相思千點淚，流不到，楚江東。

〔註10〕見《唐宋詞鑑賞集成・周嘯天評》，頁859。

結構分析表：

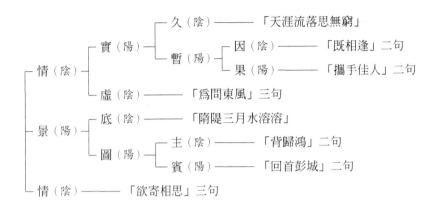

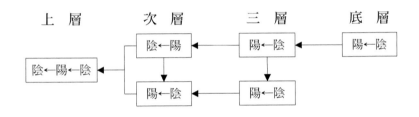

說　明：

　　這首詞是蘇軾即將離開徐州，在調往湖州途中所寫，旨在抒發對徐州風物人情的留戀之情。詞的上片以抒情發端，透過虛實交錯的筆法，表達離開徐州之後的孤單與依戀；下片轉入寫景，描繪詞人在暮春三月、綠水溶溶的季節裡南去吳中，並藉由清澈的泗水，串聯起徐州的一草一木，收拍三句，即景抒情，「相思千點淚」傳達了無限的沈痛與悵惘。結構表的底層為「因（陰）→ 果（陽）」結構，其順向移位形成陽剛之勢；三層的「久（陰）→ 暫（陽）」結構與「主（陰）→ 賓（陽）」結構，皆為順向移位，其勢又趨於陽剛；次層的「實（陽）→ 虛（陰）」與「底（陰）→ 圖（陽）」又是一逆、一順的移位，兩相抵銷之下，其陰柔之勢仍然居大；至上層「情（陰）→ 景（陽）→ 情（陰）」結構，其轉位作用造成更為明顯的陰柔之勢。整體而言，

底層與三層的陽剛之勢因居於下層而力量仍小§其總和的力度仍小於次層與上層的陰柔之勢，使全篇形成「柔中寓剛」的風格型態。邱鳴皋論述此詞的情感提到：

> 此詞之美，在於純眞，如上所說，情眞，景眞，而寫景也是爲了寫情。眞而不矜，處處赤誠，不矯揉造作，不怵怩作態。這是由於蘇軾對徐州確實有深厚的感情基礎。〔註11〕

也就是這一份眞情、眞景，讓全篇的景語也充滿了眞切的情感，充分展現蘇軾內心似水的柔情，這份柔情就是此詞風格趨於「柔中寓剛」的主要因素吧！

◎〈西江月〉平山堂　元豐二年，1079

> 三過平山堂下，半生彈指聲中。十年不見老仙翁。壁上龍蛇飛動。欲弔文章太守，仍歌楊柳春風。休言萬事轉頭空，未轉頭時皆夢。

結構分析表：

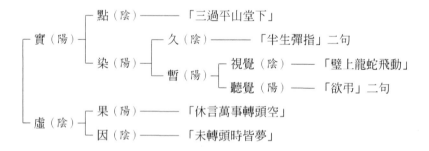

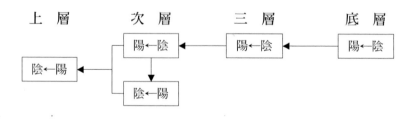

說　明：

　　這首詞是蘇軾自徐州移知湖州，途經揚州平山堂時所作，作者藉由所見歐陽脩的手跡及所聞歐陽脩的歌詞，抒發對人生如夢的慨嘆。詞中以實寫平山堂所見起筆，運用感官知覺的轉換，以摹寫歐陽脩的墨跡與歌詞，而「半生彈指」、「十年」光陰的悠悠之感，至當下所見「物是人非」的景況，終匯聚成一股「萬事皆夢」、「轉頭皆空」的深沈慨嘆。結構表的底層為「視覺（陰）→ 聽覺（陽）」結構，其順向移位形成趨於陽剛的力量；三層為「久（陰）→ 暫（陽）」結構，為順向移位，其勢又趨於陽剛；次層的「點（陰）→ 染（陽）」結構為順向移位，其勢趨於陽剛，而「果（陽）→ 因（陰）」結構為逆向移位，其趨於陰柔的力度較大，兩者相抵之下，此層仍顯現陰柔的態勢；上層的「實（陽）→ 虛（陰）」結構又為逆向移位，其勢又趨於陰柔。底層與三層的陽剛之勢對於全篇的風格影響不大，至於次層與上層所凸顯的陰柔之勢，才是此篇風格的主調。因此，整首詞應為「柔中寓剛」的風格。湯易水、周義敢分析此詞云：

　　　　此詞採取抒情、敘事和議論相結合的寫作方法。抒情時
　　傾談肺腑，語真情摯，雖不以含蓄取勝，但讀來耐人尋味，
　　有強烈的感染力量。……作者寫友情詞，慣用濃墨粗筆，縱
　　挑橫抹，以超邁的韻格，顯露其胸中浩懷逸氣。〔註12〕

蘇軾詞中「語真情摯」的特色，在這首詞中再度發揮，結句充滿佛家理趣的感悟，也造就此篇平淡清遠的風致，此正與章法風格所分析的「柔中寓剛」之風暗合。

◎〈卜算子〉黃州定惠院寓居作　　元豐五年，1082

　　　　缺月挂疏桐，漏斷人初靜。誰見幽人獨往來，縹緲孤鴻影。
　　　　驚起卻回頭，有恨無人省。揀盡寒枝不肯棲，寂寞沙洲冷。

〔註12〕見《唐宋詞鑑賞集成‧湯易水、周義敢評》，頁 743-744。

結構分析表：

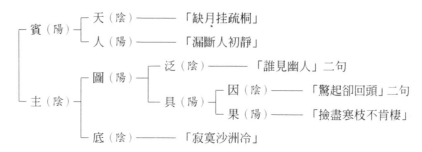

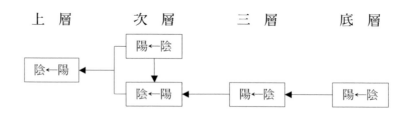

說　明：

　　此詞作於神宗元豐五年，是蘇軾在黃州時，寓居定慧院的抒懷之作。起筆以「缺月」、「漏斷」烘托幽人似孤鴻的身影，孤鴻因爲飽受驚嚇，獨懷幽恨，不肯輕易棲於寒枝，終歸宿於荒冷寂寞的沙洲。蘇軾以孤鴻自況，充分展現個人在歷經烏臺詩案之後的幽憤寂苦之情。結構表的底層是「因（陰）→ 果（陽）」結構，其移位作用形成趨於陽剛的力量；三層的「泛（陰）→ 具（陽）」結構，亦爲順向移位，其勢又趨於陽剛；次層的「天（陰）→ 人（陽）」結構爲順向移位，其勢趨於陽剛，而「圖（陽）→ 底（陰）」結構則是趨於陰柔的逆向移位，此陰柔之勢大於「天→人」結構的陽剛之勢；上層的「賓（陽）→ 主（陰）」是核心結構，亦爲逆向移位，其勢又趨於陰柔。整體而言，底層與三層的陽剛之勢，因居於下層，其影響全篇的風格趨向有限，而次層與上層的陰柔之勢才是這首詞風的主調，在此主調的帶動之下，形成了全篇「柔中寓剛」的風格。繆鉞評價此詞風格時提到：

　　　　晚近人論詞多以「豪放」為貴，而推蘇軾為豪放之宗。
　　　這實在是一種偏見。宋詞仍是以「婉約」為主流，而蘇詞
　　　的特長是「超曠」，「豪放」二字不足以盡之。這首〈卜算
　　　子〉……是超曠之作，同時也不失詞的傳統的深美閎約的特
　　　點。〔註13〕

所謂「深美閎約」的特色，以及張炎《詞源》所說的：「清麗舒徐」
〔註14〕，皆屬於陰柔的格調，再以此詞「幽獨淒涼」的情思，此篇風
格歸於「柔中寓剛」的格調是不容置疑的。

◎〈南鄉子〉重九涵輝樓呈徐君猷　　元豐五年，1082

　　　霜降水痕收。淺碧鱗鱗露遠洲。酒力漸消風力軟，颼颼。破
　　　帽多情卻戀頭。佳節若為酬，但把青樽斷送秋。萬事到頭都
　　　是夢，休休。明日黃花蝶也愁。

結構分析表：

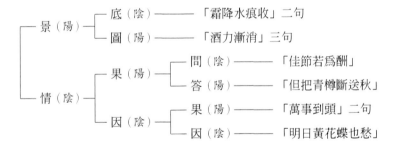

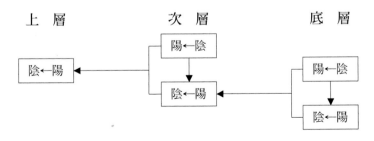

〔註13〕見《唐宋詞鑑賞集成・繆鉞評》，頁780。
〔註14〕見張炎《詞源》卷下《雜論》。收錄於曾棗莊《蘇詞彙評》，頁121。

說　明：

　　這首詞是神宗元豐五年，蘇軾於重九日在涵輝樓宴席上所作。上片寫景，以「霜降水痕」、「淺碧鱗鱗」帶出一片清遠的境界在此背景的烘托之下，詞人酒力漸消，而漸軟的風力仍吹不落多情的破帽；下片抒情，作者以「但把清樽」表現達觀之思，並直言「萬事到頭都是夢」，更展現了豁達的襟抱。結構表的底層是「問（陰）→ 答（陽）」與「果（陽）→ 因（陰）」結構，其一順、一逆的移位作用，使陰柔之勢較爲凸顯；次層的「底（陰）→ 圖（陽）」與「果（陽）→ 因（陰）」結構，又形成一順、一逆的移位，形成更大的陰柔之勢；上層的「景（陽）→ 情（陰）」結構，爲逆向移位，其勢又是陰柔，此陰柔之勢因居上層的核心結構而更爲凸顯。綜合三層的陰陽力度，陰柔之勢明顯地大於陽剛之勢，使全篇呈現「柔中寓剛」的風格。陳長明分析此詞的筆法與風格時提到：

　　　　全詞以景起，以情結，句句不離題目（重九樓頭飲宴），
　　　　處處關係懷抱（失意而達觀）。……以詩的題材內容入詞，
　　　　以詩的意境和語言入詞，而仍是詞的味道，就是多了一層
　　　　婉轉的風致。〔註15〕

此明言這首詞「先景後情」的內在邏輯，而「婉轉的風致」更點明了此篇陰柔的主調，恰與章法風格之「柔中寓剛」的格調相符。

◎〈水龍吟〉元豐五年，1082

　　小舟橫截春江，臥看翠壁紅樓起。雲間笑語，使君高會，佳人半醉。危柱哀絃，艷歌餘響，繞雲縈水。念故人老大，風流未減，獨回首，煙波裡。推枕惘然不見，但空江、月明千里。五湖聞道，扁舟歸去，仍攜西子。雲夢南州，武昌南岸，昔遊應記。料多情夢裡，端來見我，也參差是。

〔註15〕見《唐宋詞鑑賞集成・陳長明評》，頁766。

結構分析表：

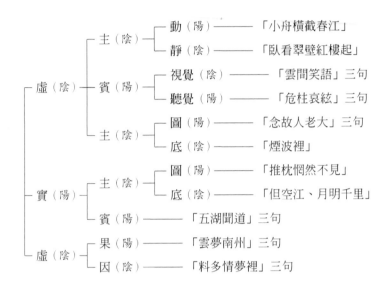

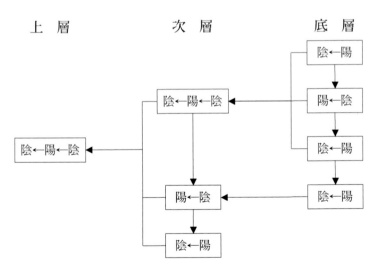

說　明：

　　此詞是蘇軾貶居黃州時所作，旨在記夢懷人。詞的上片虛寫夢境，描繪扁舟渡江，於棲霞樓宴飲高歌的景況；下片實寫夢醒，作

者不寫惘然之情，直以「空江明月千里」帶出空闊之感；「雲夢南州」以下，轉入懸想，虛寫歸隱蘇州的好友孝終也如自己夢見此境。結構表的底層除了「視（陰）→ 聽（陽）」結構是順向移位之外，其餘「動（陽）→ 靜（陰）」、及兩疊「圖（陽）→ 底（陰）」結構，皆爲逆向移位，其勢皆爲陰柔，相形之下，底層的陰柔之勢明顯大於陽剛之勢；次層的「主（陰）→ 賓（陽）→ 主（陰）」是趨於陰柔的轉位，而「主（陰）→ 賓（陽）」結構與「果（陽）→ 因（陰）」結構則是一順、一逆的移位，其勢之消長亦趨向陰柔；上層的「虛（陰）→ 實（陽）→ 虛（陰）」結構，又是趨於陰柔的轉位，此陰柔之勢因居於上層的核心結構而變得更爲凸顯。綜觀整體結構表的陰陽態勢，陰柔的力度明顯大過陽剛的力度，使全篇的整體風格呈現「柔中寓剛」的形式。鄭文綽評析此詞曾云：

> 上闋全寫夢境，空靈中雜以淒麗。過片始言情，有滄波浩渺之致，眞高格也。「雲夢」二句，妙能寫閒中情景，拍煞不說夢，偏說夢來見我，正是詞筆高渾，不猶人處。〔註16〕

其描寫夢境的筆調，是在「空靈中雜以淒麗」；言情之語也具有「滄波浩渺之致」，說明了這首詞極偏於陰柔的特色，可說是「剛中寓柔」之詞作裡更偏於陰柔的作品。

◎〈江城子〉元豐五年，1082

> 夢中了了醉中醒。只淵明，是前生。走遍人間，依舊卻躬耕。昨夜東坡春雨足，烏鵲喜，報新晴。雪堂西畔暗泉鳴，北山傾，小溪橫。南望亭丘，孤秀聳曾城。都是斜川當日景，吾老矣，寄餘齡。

〔註16〕見鄭文綽《大鶴山人詞話》。收錄於曾棗莊《蘇詞彙評》，頁 14。

結構分析表：

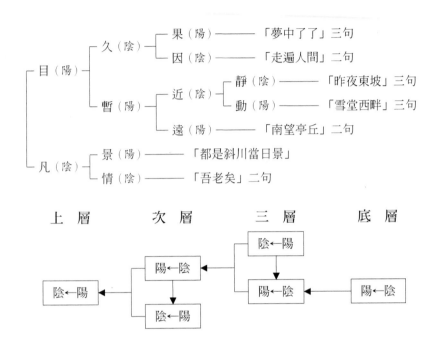

說　明：

　　蘇軾貶居黃州，在神宗元豐五年，躬耕於東坡，居住於雪堂，有感於舒適自在，恍如陶淵明的田園生活，於是以為東坡雪堂的初春宛如淵明的斜川之游，遂作此詞。起筆以主觀之意，直以淵明就是自己的前生，以此拉長了時空背景，為自己躬耕生涯取得一個自適的理由；其後著眼於東坡與雪堂的描寫，其動靜錯落，遠近交疊的筆法，營造了一個清遠悠閒的境界；收拍以「斜川當日景」點明對於淵明田園生活的嚮慕，也帶出「寄餘齡」的深切願望。結構表的底層是「靜（陰）→ 動（陽）」結構，其移位作用產生趨於陽剛的力量；三層的「果（陽）→ 因（陰）」結構、「近（陰）→ 遠（陽）」結構，為一逆、一順的移位，相形之下，逆向移位所產生的陰柔之勢明顯大於順

向移位所產生的陽剛之勢；次層的「久暫」結構、「景情」結構，又是一順、一逆的移位，其勢又趨於陰柔；上層的「目→凡」結構是逆向移位，其勢亦趨於陰柔。綜觀整體結構表所呈現的陰陽律動，除了底層呈現陽剛之勢外，其餘各層皆呈現陰柔的力量，全篇「柔中寓剛」之風格形式是非常明顯的。謝桃坊論述此詞的情思提到：

> 在這首〈江城子〉詞中，蘇軾彷彿與淵明神交異代，產生了共鳴。詞充滿了強烈的主觀情緒，起筆甚爲突兀，直以淵明就是自己的前生。……從這首詞裡也側面反映了他與險惡環境作鬥爭的方式：躬耕東坡，自食其力，竊比淵明澹焉忘憂的風節，而且對謫居生活感到適意，怡然自樂。〔註17〕

從詞的情理來看，蘇軾在這首詞中確實營造了一個「清遠悠閒」的意境，此意境則證明了章法風格所分析的「柔中寓剛」之律動是非常正確的。

◎〈鷓鴣天〉元豐六年，1083

> 林斷山明竹隱牆，亂蟬衰草小池塘。翻空白鳥時時見，照水紅蕖細細香。村舍外，古城旁，杖藜徐步轉斜陽。殷勤昨夜三更雨，又得浮生一日涼。

結構分析表：

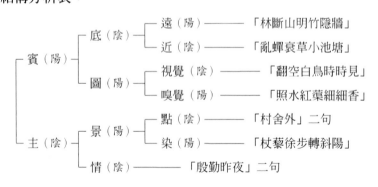

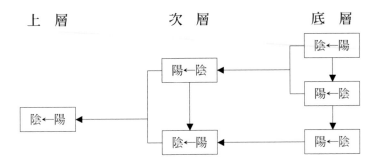

上　層	次　層	底　層

說　明：

　　此詞亦作於蘇軾謫居黃州之時，此即爲其幽居生活的自我寫照。詞的上片描寫自己身處的具體環境，詞人運用了遠近交疊及感官知覺的轉換，營造了一個幽狹、無聊的意境；在這些景物的陪襯之下，下片著眼描寫詞人在古城「杖藜徐步」的神態，末二句以情語作結，表面上似乎再在感謝老天給予涼爽的春雨，而事實上「又得浮生」卻隱含著作者得過且過、日復一日的無奈心情。結構表的底層「高（陽）→ 低（陰）」結構爲逆向移位，其勢趨於陰柔，而「視覺（陰）→ 嗅覺（陽）」結構與「點（陰）→ 染（陽）」結構皆爲順向移位，其勢皆趨於陽剛，在兩順、一逆的移位作用之下，這一層的陰柔與陽剛的勢力幾趨於平衡；次層的「底（陰）→ 圖（陽）」結構、「景（陽）→ 情（陰）」結構，又是一順、一逆的移位，其勢趨於陰柔；上層的「賓（陽）→ 主（陰）」結構，其逆向移位又形成趨於陰柔的力量。整體而言，底層的剛柔相濟可以暫時不論，次層與上層的陰柔力度皆大於陽剛的力度，使全篇的陰柔之勢成爲主調，呈現出「柔中寓剛」的風格形式。陸永品在論述此詞的意象時提到：

　　　　總觀全詞，從詞作對特定環境的描寫和作者形象的刻
　　　畫，可以看到一個抑鬱不得志的閑人的形象，所謂其身則
　　　閑，其心則苦了。〔註18〕

從這段意象經營的敘述中，我們可以感受到作者寧靜卻無奈的情緒，

〔註18〕見《唐宋詞鑑賞集成・陸永品評》，頁 752。

更可以感受到這首詞呈現蘇詞中常見的「清遠」之風，此風格類型當然是以「柔中寓剛」為基調的另一種詮釋。

◎〈滿庭芳〉元豐七年，1084

> 歸去來兮，吾歸何處？萬里家在岷峨。百年強半，來日苦無多。坐見黃州再閏，兒童盡、楚語吳歌。山中友，雞豚社酒，相勸老東坡。云何？當此去，人生底事，來往如梭。待閒看，秋風洛水清波。好在堂前細柳，應念我、莫剪柔柯。仍傳語，江南父老，時與曬漁蓑。

結構分析表：

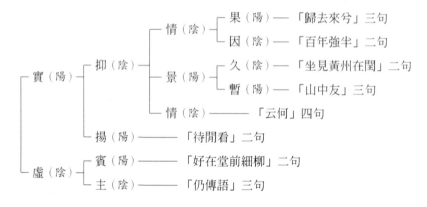

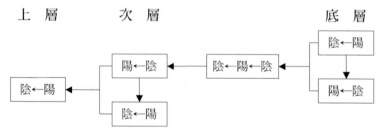

說　明：

　　這首詞是蘇軾在元豐七年留別黃州父老所作。起筆「歸去來兮」三句，表達了欲歸不得的悵恨；其後描寫長久以來與黃州父老的深切情誼，於是在臨別之際，為我殺雞作酒，熱情款待；下片「云何」以

下四句，又轉入抒情，傳達了人生何寄、來往如梭的感嘆；其後筆勢
一揚，瞻望自己即將到達之地，欲以隨緣的心情代替離別的愁苦；收
拍以虛寫結句，期望黃州父老莫折其堂前細柳，並時時為曬漁蓑，傳
達了自己未來欲重返此地的期望。結構表的底層是「果（陽）→ 因
（陰）」結構與「久（陰）→ 暫（陽）」結構，其一順、一逆的移位
作用，凸顯了陰柔的力度；三層是「情（陰）→ 景（陽）→ 情（陰）」，
其轉位作用形成趨於陰柔的力量；次層的「抑（陰）→ 揚（陽）」結
構與「賓（陽）→ 主（陰）」結構又是一順、一逆的移位，其陰柔的
勢力本來較大，然而「抑→揚」結構的對比質性增強了陽剛的力度，
使這一層的剛柔幾近於平衡；上層的「實（陽）→ 虛（陰）」結構，
是逆向移位，其勢又趨於陰柔。整體而言，結構表所呈現的的陰陽之
勢，除了次層是趨近剛柔相濟之外，其餘各層皆呈現趨於陰柔的力量，
可見全篇的陰柔之勢是非常明顯的。劉揚忠云：

> 本篇的優長，就在情真意切這四個字上。尤其是上下
> 兩片的後半，不但情致溫厚，屬辭雅逸，而且意象鮮明，
> 婉轉含蓄，是構成這個抒情佳篇的兩個高潮。〔註19〕

其所謂「情致溫厚」、「屬辭雅逸」、「婉轉含蓄」的評論，都是此詞「柔
中寓剛」之風格的最佳註腳。

◎〈如夢令〉哲宗元祐二年，1087

> 為向東坡傳語，人在玉堂深處。別後有誰來？雪壓小橋無
> 路。歸去，歸去，江上一犁春雨。

結構分析表：

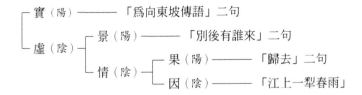

〔註19〕見《唐宋詞鑑賞集成・劉揚忠評》，頁705。

說　明：

　　這首詞作於蘇軾任官翰林學士之時，旨在抒寫懷念黃州之情，表達歸耕東坡之意。起筆二句，實寫自己身在朝廷的景況，表達思念黃州之情；「別後」二句落入虛寫，是蘇軾對別後黃州荒涼景象的揣想；收拍以「歸去」作結，想像那黃州的一犁春雨，傳達了極欲歸去的心情。結構表分三層，各爲「實（陽）→ 虛（陰）」結構、「景（陽）→ 情（陰）」結構與「果（陽）→ 因（陰）」結構，三者皆爲逆向移位，其勢皆爲陰柔，此陰柔之勢愈居於上層，其力度愈趨明顯，故全篇呈現「柔中寓剛」的風致是顯而易見的。何均地評論此詞的特色有云：

　　　　這闋〈如夢令〉是蘇軾的韶秀之作，像山間的一灣清溪，向西天的一抹晚霞，淡雅自然，無一字雕刻，無一語奇險，無毫釐粗豪氣息。〔註20〕

所謂「淡雅自然」的特色，正是此詞「柔中寓剛」之風的具體印證。

◎〈水龍吟〉次韻章質夫楊花詞　　元祐二年，1087

　　似花還似非花，也無人惜從教墜。拋家傍路，思量卻是，無情有思。縈損柔腸，困酣嬌眼，欲開還閉。夢隨風萬里，尋郎去處，又還被、鶯呼起。不恨此花飛盡，恨西園落紅難綴。曉來雨過，遺蹤何在，一池萍碎。春色三分，二分塵土，一分流水。細看來，不是楊花，點點是離人淚。

〔註20〕見《唐宋詞鑑賞集成・何均地評》，頁844。

結構分析表：

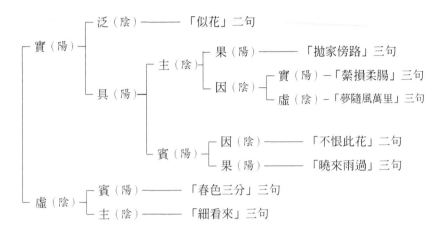

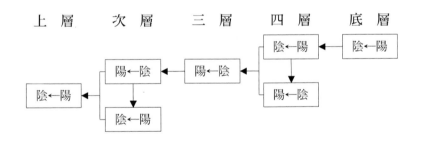

說　明：

　　這是一首次韻的作品，其內容雖仍是描寫楊花，卻有從虛筆著墨之處。起筆以擬人的方式，實寫楊花飛墜的神態；下片又以西園的「一池萍碎」襯托楊花的墜落，表達了春味已盡、春色將逝的恨意；其後落入虛寫，以抽象的「春色」、「塵土」和「流水」，襯托紛紛飄落的楊花，而楊花卻原來是思婦的點點淚珠，此處雖為虛筆，卻是虛實相間，楊花與離人淚在似與不似之間，更增添了幾分情趣。結構表共分五層。底層的「實（陽）→ 虛（陰）」結構是逆向移位，其勢趨於陰柔；四層的「果（陽）→ 因（陰）」結構與「因（陰）→ 果（陽）」結構一逆、一順的移位，兩相消長而凸顯了陰柔的力

量；三層的「主（陰）→ 賓（陽）」結構是順向移位，其勢趨於陽
剛；次層的「泛（陰）→ 具（陽）」結構與「賓（陽）→ 主（陰）」
結構，又是一順、一逆的移位，凸顯了陰柔的力量；上層的「實（陽）
→ 虛（陰）」結構，爲趨於陰柔的逆向移位。綜觀整體結構表的陰
陽律動，除了第三層結構呈現陽剛之勢外，其餘各層皆呈現陰柔的
律動，相較之下，全篇的陰柔之勢仍大於陽剛之勢，故整首作品展
現了「柔中寓剛」的風致。歷來詞評，多以陰柔風致界定此詞，如
沈謙所云：

> 東坡「似花還似非花」一篇，幽怨纏綿，直是言情，
> 非復賦物。〔註21〕

又如朱德才所說：

> 通篇不勝幽怨纏綿，又空靈飛動。〔註22〕

可見「幽怨纏綿」之評，是這首詞給人的具體感受，更合於章法風格
「柔中寓剛」之基本格調。

◎〈南歌子〉錢塘端午　元祐五年，1090

> 山與歌眉斂，波同醉眼流。游人都上十三樓，不羨竹西歌吹、
> 古楊州。菰黍連昌歜，瓊彝倒玉舟。誰家〈水調〉唱歌頭，
> 聲繞碧山飛去、晚雲留。

結構分析表：

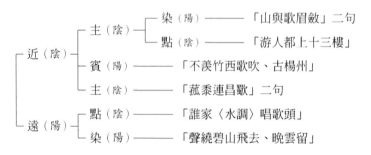

```
                  ┌─ 主（陰）┬─ 染（陽）──── 「山與歌眉斂」二句
                  │          └─ 點（陰）──── 「游人都上十三樓」
        ┌─ 近（陰）┼─ 賓（陽）──────────── 「不羨竹西歌吹、古楊州」
        │          └─ 主（陰）──────────── 「菰黍連昌歜」二句
        │
        └─ 遠（陽）┬─ 點（陰）──────────── 「誰家〈水調〉唱歌頭」
                   └─ 染（陽）──────────── 「聲繞碧山飛去、晚雲留」
```

〔註21〕見沈謙《塡詞雜說》。收錄於曾棗莊《蘇詞彙評》，頁9。
〔註22〕見《唐宋詞鑑賞集成·朱德才評》，頁700。

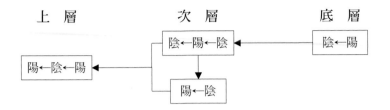

說　明：

　　這是蘇軾任杭州知州時的作品，旨在描寫杭州的游賞之樂。詞一開頭就描寫作者與其同伴面對湖光山色，開懷暢飲、盡情聽歌的熱烈景況，並藉由古揚州的竹西亭來襯托十三樓的勝景；下片起筆仍接續上片宴歌之況，描寫普通的宴會食材，以表明詞人游賞並不在乎口腹之慾，而是貪戀湖山之美，追求精神上的快樂；於是結句將場景宕開，結合視覺與聽覺的意象，渲染出歌吹悠揚、湖山縹緲的深遠意境。結構表的底層是「染（陽）→ 點（陰）」結構，其逆向移位形成趨於陰柔的力量；次層的「主（陰）→ 賓（陽）←主（陰）」結構，其轉位作用形成極明顯的陰柔之勢，此陰柔之勢不僅大於「點（陰）→ 染（陽）」結構所形成的陽剛之勢，更大於上層「近（陰）→ 遠（陽）」結構所形成的陽剛之勢，使全篇在「主（陰）→ 賓（陽）←主（陰）」的轉位作用中，呈現「柔中寓剛」的詞風。謝楚發分析說：

> 　　此詞以寫十三樓爲中心，但並沒有將這一名勝的風物作細緻的刻畫，而是用寫意的筆法，著意描繪聽歌、飲酒等雅興豪舉，烘托出一種與大自然同化的精神境界，給人一種飄然欲仙的愉悅之感。……作者利用歌眉與遠山、目光與水波的相似，賦予遠山和水波以人的感情，創造出「山與歌眉斂，波同醉眼流」的迷人的藝術佳境。〔註23〕

這段論述是針對次層的「主→賓→主」結構而發，其謂「烘托出一種與大自然同化的精神境界，給人一種飄然欲仙的愉悅之感」，實爲一種天人合一的悠遠美感，這種美感應是偏於陰柔的，恰與章法風格所

〔註23〕見《唐宋詞鑑賞集成・謝楚發評》，頁772。

分析的「柔中寓剛」的特色不謀而合。

◎〈減字木蘭花〉元祐五年，1090

　　　雙龍對起。白甲蒼髯煙雨裡。疏影微香。下有幽人畫夢長。
　　　湖風清軟。雙鶴飛來爭噪晚。翠颭紅輕。時下凌霄百尺英。

結構分析表：

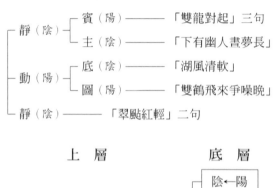

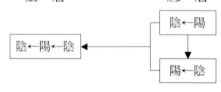

說　明：

　　此詞主要是應僧人之請，描寫僧人居處的古松與凌霄花的景致。起筆「雙龍對起」四句，以及結尾「翠颭紅輕」二句，都在描寫古松與凌霄花沈靜的神態，就連僧人也是沈睡其中；而「胡風清軟」二句，卻利用清風與雙鶴的爭噪，對比前後景致所營造的寧靜，使得這一分寧靜更加地清虛悠遠。結構表的底層是「賓（陽）→ 主（陰）」結構與「底（陰）→ 圖（陽）」結構，其一逆、一順的移位，突顯出逆向移位的陰柔之勢；再以上層的「靜（陰）→ 動（陽）→ 靜（陰）」結構是趨於陰柔的轉位，而「動靜」結構對比的質性，又強化了此一陰柔的力度，使全篇的陰柔的力量遠大於陽剛的力量，形成「柔中寓剛」的詞風。陳華昌分析此詞：

　　　　縱觀全詞，在對立中求得和諧，是其創造意境的藝術
　　特色。整首詞寫的物象只有兩種：古松和凌霄花。前者是
　　陽剛之美，後者是陰柔之美。……就是在這種對立的和諧
　　之中，詞人創造出了一種超然物外、虛靜清空的藝術境
　　界。〔註24〕

其言此詞「在對立中求得和諧」，除了說明古松與凌霄花在意象上的
對比之外，也強調全篇在動景與靜景的交錯對立中，凸顯了幽獨的美
感。此言「超然物外、虛靜清空的藝術境界」也正是「柔中寓剛」之
詞風的具體詮釋。

◎〈賀新郎〉未編年

　　乳燕飛華屋，悄無人、桐陰轉午，晚涼新浴。手弄生綃白團
　　扇，扇手一時似玉。漸睏倚、孤眠清熟。簾外誰來推繡戶？
　　枉教人夢斷瑤臺曲。又卻是、風敲竹。石榴半吐紅巾蹙，待
　　浮花浪蕊都盡，伴君幽獨。穠豔一枝細看取，芳心千重似束。
　　又恐被、西風驚綠。若待得君來，向此花前，對酒不忍觸。
　　共粉淚、兩簌簌。

結構分析表：

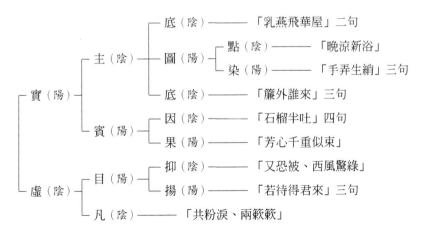

〔註24〕見《唐宋詞鑑賞集成・陳華昌評》，頁848。

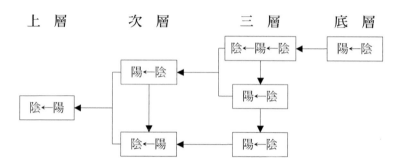

說　明：

　　這首詞是蘇軾藉描寫美人以寄託身世之感的作品。上片主要在描寫美人「晚涼新浴」、「孤眠清熟」的神態，在幽靜的華屋以及簾外清風等環境的烘托之下，更顯出美人清澄閒雅的神韻；下片轉寫「石榴半吐」的情狀，襯托出美人「幽獨」的心情；其後轉入虛寫，「又恐被、西風驚綠」表達美人心中的擔心，而「待得君來」三句卻揚起美人的期待遐想，結尾「共粉淚、兩簌簌」，更帶出一種遙遙無期的無奈。結構表的底層爲「點（陰）→ 染（陽）」結構，其順向移位形成趨於陽剛的力量，由於居於底層，故對於全篇的剛柔之勢影響不大；三層的「底（陰）→ 圖（陽）→ 底（陰）」結構是趨於陰柔之勢的轉位，其陰柔的力度遠大於「因（陰）→ 果（陽）」結構與「抑（陰）→ 揚（陽）」結構所形成的陽剛之勢；而上層的「實（陽）→ 虛（陰）」結構，又爲逆向移位，其勢又趨於陰柔。綜合結構表各層的陰陽態勢，除了底層出現陽剛之勢外，其餘各層的律動皆趨於陰柔，可見全篇應呈現趨於「柔中寓剛」的風格。歷來詞話對於此詞詞風的評價多偏於陰柔之論，如丁紹儀所云：

　　　　　其詞寄託深遠，與詠雁〈卜算子〉云「缺月掛疏桐」
　　同一比興。〔註25〕

黃昇《蓼園詞評》亦曰：

<hr />

〔註25〕見丁紹儀《聽秋聲館詞話》，卷 11。收錄於曾棗莊《蘇詞彙評》，頁137。

　　　　末四句，是花是人，婉曲纏綿，耐人尋味不盡。〔註26〕

所謂「寄託深遠」、「婉曲纏綿」皆指明此詞偏於陰柔的風趣。而高原曾說：

　　　　它隱隱寓含著「君臣遇合」和超然物外兩種理想境
　　　　界。……可嘆「浮花浪蕊」偏能惑主，他仕途多舛，壯志
　　　　難酬，而年華如水，期待無期，乃借佳人失時之態，寄政
　　　　治失意之感。〔註27〕

如其所言為真，則此詞又包含了深刻含蓄的筆觸，結合前述陰柔風趣之評，更符合了章法風格分析之「柔中寓剛」的格調。

◎〈蝶戀花〉未編年

　　　　花褪殘紅青杏小。燕子飛時，綠水人家繞。枝上柳綿吹又少，
　　　　天涯何處無芳草！牆裏鞦韆牆外道。牆外行人，牆裏佳人
　　　　笑。笑漸不聞聲漸悄，多情卻被無情惱。

結構分析表：

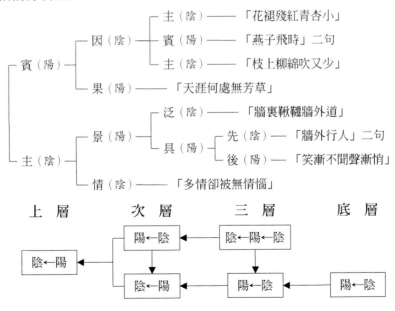

〔註26〕見黃氏《蓼園詞評》。收錄於曾棗莊《蘇詞彙評》，頁138。
〔註27〕見《唐宋詞鑑賞集成・高原評》，頁785。

說　明：

　　這首詞是蘇軾婉約詞的代表作。上片主寫柳絮，其「枝上柳綿吹又少」傳達了深沈的傷春之情，而「天涯何處無芳草」卻表現了曠達的襟懷；下片主寫佳人，作者在牆裡、牆外營造了一種藏露兼備的氣氛，他藏起佳人的神態，卻洩漏了佳人的笑聲，以致於牆外「多情」的行人，縈繞著無限的遐想與情思。結構表底層是「先（陰）→ 後（陽）」結構，其勢趨於陽剛；三層的「主（陰）→ 賓（陽）→ 主（陰）」結構形成趨於陰柔之勢的轉位，此陰柔之勢遠大於「泛（陰）→ 具（陽）」結構所形成的陽剛之勢；次層的「因（陰）→ 果（陽）」結構與「景（陽）→ 情（陰）」結構，又是一順、一逆的態勢，使陰柔之勢較爲凸顯；上層的「賓（陽）→ 主（陰）」結構爲逆向移位，其勢又趨於陰柔，綜合各層陰陽之勢，可以明顯看出全篇「柔中寓剛」的內在規律。

木齋：

　　　　蘇軾以其曠世之才，開創了一代豪放詞風，拓寬了詞的境界，但豪放並不是他唯一的風格，他既有「老夫聊發少年狂」的豪爽之氣，也不乏「似花還似非花」、「枝上柳棉」那樣婉約之情愫，但絕無萬約派中許多人的香軟濃豔之氣。從這首小詞，我們就可以看出他清新嫵媚的別一風格。
〔註28〕

就這首詞的意象經營來說，確實充滿了深沈婉摯的情感，而蘇軾的婉約詞風確實不同於傳統「香軟濃豔」，此謂「清新嫵媚」實深中肯綮之評，也符合「柔中寓剛」的風致。

◎〈蝶戀花〉未編年

　　蝶懶鶯慵春過半。花落狂風，小院殘紅滿。午醉未醒紅日晚，
　　黃昏簾幕無人捲。雲鬢鬅鬆眉黛淺。總是愁媒，欲訴誰消遣。
　　未信此情難繫絆，楊花猶有東風管。

〔註28〕見木齋《唐宋詞流變》，頁 164-165。

結構分析表：

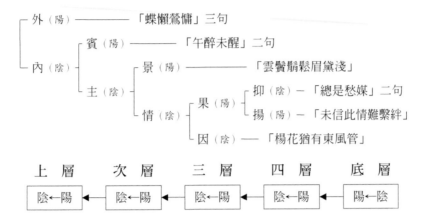

```
上　層　　　次　層　　　三　層　　　四　層　　　底　層
┌─────┐   ┌─────┐   ┌─────┐   ┌─────┐   ┌─────┐
│陰←陽│ ← │陰←陽│ ← │陰←陽│ ← │陰←陽│ ← │陽←陰│
└─────┘   └─────┘   └─────┘   └─────┘   └─────┘
```

說　明：

　　這是一首表現閨情的小詞。起筆三句描寫室外「慵春過半」的景致，「午醉未醒」以下，將場景轉入室內，在黃昏紅霞的照耀之下，襯托佳人鬢散眉淺的慵懶神態；「總是愁媒」轉而抒情，其無處消遣、情難繫絆的愁緒，將愁情推向高峰，其自比楊花，更覺淒惻動人。結構表共分五層。底層是「抑（陰）→ 揚（陽）」結構，其順向移位形成趨於陽剛的力量；而四層的「果（陽）→ 因（陰）」結構、三層的「景（陽）→ 情（陰）」結構、次層的「賓（陽）→ 主（陰）」結構，乃至於上層的「外（陽）→ 內（陰）」結構，皆為形成陰柔之勢的逆向移位，總和這四層的陰柔之勢，其力度遠大於陽剛之勢，使全篇呈現「剛中寓柔」的風致。劉乃昌分析此詞的意象提到：

　　　　全詞用「蝶」、「鶯」、「殘紅」、「簾幕」、「雲鬢」、「楊花」等柔美的意象，來烘托少女的形象；用春意闌珊的環境，來映現少女傷春的心境。句句傷春情懷，但通篇不露傷春字面，所謂「言其用而不言其名」，有含蓄不露、詞綺情婉之妙。……本篇顯示出東坡詞縝密婉約有似溫、韋的一面。〔註29〕

―――――――――――――――

〔註29〕見《唐宋詞鑑賞集成‧劉乃昌評》，頁873。

所謂「含蓄不露、詞綺情婉之妙」、「縝密婉約有似溫、韋的一面」，皆說明這首詞確實具備了「柔中寓剛」的基本格調。

第二節　姜夔「柔中寓剛」之詞風舉隅

　　姜夔以落魄文人的姿態，寄食於江湖游士之間，其一生不得志的際遇，反映在文學作品中，即表現出「清剛疏宕」〔註30〕的格調。以其趨於陰柔的詞作來說，姜夔的婉約詞不似溫、韋的充滿脂粉氣味與簫聲細響，而是一種「西風殘蟬」、「暗雨冷螢」的氣息，即所謂「清剛疏宕」中的「清」、「疏」風格。本節選取姜詞十九首，運用章法風格的理論，期能探求其「清疏」風格的內在律動。

◎〈揚州慢〉孝宗淳熙三年，1176

　　淮左名都，竹西佳處，解鞍少駐初程。過春風十里，盡薺麥青青。自胡馬窺江去後，廢池喬木，猶厭言兵。漸黃昏，清角吹寒，都在空城。杜郎俊賞，算而今、重到須驚。縱豆蔻詞工，青樓夢好，難賦情深。二十四橋仍在，波心蕩、冷月無聲。念橋邊紅藥，年年知爲誰生。

結構分析表：

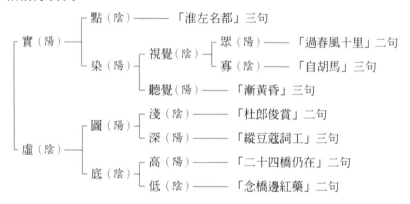

〔註30〕周濟云：「白石脫胎於稼軒，變雄健爲清剛，變馳驟爲疏宕。」見《宋四家詞選目錄序論》。

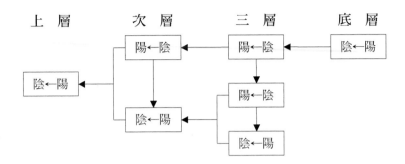

說　明：

　　這首詞是姜夔路過揚州,目睹戰後揚州的蕭條景象所產生的悲嘆與哀思。詞的上片是實寫所見景物,起筆三句點明時空,其後以「薺麥青青」、「廢池喬木」等視覺意象,及「清角吹寒」之聽覺意象,渲染出一個荒涼殘破的意境;下片轉入虛寫,設想杜牧重游舊地,也會對於今日蕭條之景感到驚心,即使其才華洋溢,也「難賦情深」;作者以昔日「二十四橋」對比今日「波心蕩、冷月無聲」的哀景,並以「橋邊紅藥」表現花開依舊、人事已非的深沈悲嘆。結構表底層是「眾(陽)→寡(陰)」結構,其逆向移位形成偏於陰柔的力量;三層的「視覺(陰)→聽覺(陽)」結構是順向移位,「淺(陰)→深(陽)」結構亦為順向移位,而「高(陽)→低(陰)」結構則為逆向移位,在二順、一逆的互相消長之下,這一層呈現幾近於「陰陽互濟」的平衡狀態;次層的「點(陰)→染(陽)」結構是順向移位,而「圖(陽)→底(陰)」結構為逆向移位,在一順、一逆之下,使這一層的陰柔之勢較為凸顯;至於上層的「實(陽)→虛(陰)」結構又是逆向移位,其勢又趨於陰柔,且這一層為全篇的核心結構,更強化了陰柔的力量。綜觀整體結構表的陰陽態勢,除了三層是陰陽互濟的形式之外,其餘各層皆呈現陰柔的力量,可見這首詞整體來說是還是展現了「柔中寓剛」的風格。劉揚忠分析此詞的情思提到:

　　　　此詞極寫名城揚州被金兵燒殺擄掠之後的荒涼破敗之
　　狀,藉以抒發對現實的悲憤,痛惜朝廷無意恢復。不過他

並非岳飛、辛棄疾那樣的英雄豪士，而只是一屆儒雅秀氣
的文士，因此不會作慷慨激昂的呼喊，而只能以唱嘆出之，
以含蓄蘊藉的比興之筆寫之。比起稼軒派豪壯悲慨的同題
材作品，此詞顯得「意愈切而辭愈微」，其特點是「感慨全
在虛處，無跡可尋」，因而歷來都被推許爲體現姜夔思想個
性和藝術特色的代表作。〔註31〕

這裡引用宋鳳翔所云「意愈切而辭愈微」，以及陳廷焯「感慨全在虛
處，無跡可尋」之評，來說明此詞「含蓄蘊藉」的特色，在在與章法
風格之「柔中寓剛」的形式相互呼應。

◎〈一萼紅〉淳熙十三年，1186

古城陰。有官梅幾許，紅萼未宜簪。池面冰膠，牆陰雪老，
雲意還又沈沈。翠藤共、閒穿竹徑，漸笑語、驚起臥沙禽。
野老林泉，故王臺榭，呼喚登臨。南去北來何事，蕩湘雲楚
水，目極傷心。朱戶粘雞，金盤簇燕，空嘆時序侵尋。記曾
共、西樓雅集，想垂柳、還裊萬絲金。待得歸鞍到時，只怕
春深。

結構分析表：

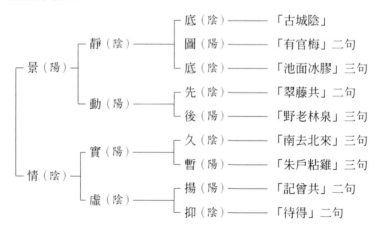

景（陽）
　靜（陰）
　　底（陰）——「古城陰」
　　圖（陽）——「有官梅」二句
　　底（陰）——「池面冰膠」三句
　動（陽）
　　先（陰）——「翠藤共」二句
　　後（陽）——「野老林泉」三句
情（陰）
　實（陽）
　　久（陰）——「南去北來」三句
　　暫（陽）——「朱戶粘雞」三句
　虛（陰）
　　揚（陽）——「記曾共」二句
　　抑（陰）——「待得」二句

〔註31〕見劉揚忠《唐宋詞流派史》，頁 492。

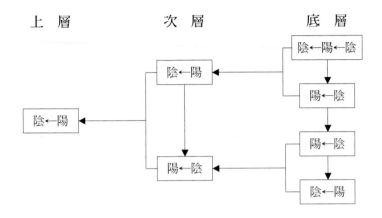

說　明：

　　此詞作於姜夔客居長沙之時，旨在抒寫懷人之思與飄泊之苦。
詞的上片寫景，下片抒情。寫景部分運用「官梅幾許」、「池面冰膠」
等靜景與「閑穿竹徑」、「驚起沙禽」等動景形成對比，寫出一片歡
鬧的逸趣；抒情部分以抒發「南去北來」的飄泊身世發端，其「空
嘆時序侵尋」更帶出時光流逝的悲嘆，收拍落入虛想，回憶昔日與
佳人共會西樓的情景，卻怕重回舊地，「歸鞍到時」，已是暮春，結
句極其委婉含蓄，卻又傳達了無限悲傷。結構表底層有「底（陰）
→ 圖（陽）→ 底（陰）」結構，其轉位作用形成趨於陰柔的力量，
而「先（陰）→ 後（陽）」結構與「久（陰）→ 暫（陽）」結構，
皆為順向移位，其勢趨於陽剛，兩者所形成的陽剛之勢，本與「揚
（陽）→ 抑（陰）」結構所形成的陰柔之勢相互平衡，但以「抑揚」
章法的對比質性，其陰柔之勢應更為明顯，故此層仍舊是陰柔之勢
較強；次層的「靜（陰）→ 動（陽）」結構是趨於陽剛的順向移位，
「實（陽）→ 虛（陰）」是趨於陰柔的逆向移位，兩者互相消長之
下，本來呈現出陰柔的力量，但以「動靜」章法的對比質性，增加
了陽剛之勢，遂使這層的陰陽趨於平衡；上層的「景（陽）→ 情
（陰）」結構為逆向移位，其勢又趨於陰柔，此為核心結構之處，

故此陰柔之勢成爲主導全篇的要素，再加上底層陰柔的力量，使全詞呈現了陰柔大於陽剛之「柔中寓剛」的風格。鄧小軍分析此詞的筆法所云：

> 此詞結構安排可謂緻密。詞中意境，先由狹而廣，即由城陰竹徑而故王臺榭，再由廣而狹、而深，即由湘雲楚水而寫出種種悲懷。詞境的迤邐展開反映出詞人心靈由鬱悶而冀求解脫但終歸於悲沉的一段變化歷程。〔註32〕

這裡強調詞人的心靈是「由鬱悶而冀求解脫但終歸於悲沉」，可謂盡含蓄曲折之致，劉乃昌也說到此詞所展現的心路歷程，其云：

全章由氣象陰沈，到雅興勃發，進而興盡悲來，感傷身世，向往歸鄉，展現了江湖游士未得滿意歸宿的一種無可奈何的心理路程。〔註33〕

其所謂「氣象陰沉」、「雅興勃發」、「興盡悲來」的過程，乃全篇曲折含婉之意象呈現，此與整體「柔中寓剛」的風格是一致的。

◎〈踏莎行〉淳熙十四年，1187

　　燕燕輕盈，鶯鶯嬌軟。分明又向華胥見。夜長爭得薄情知？
　　春初早被相思染。別後書辭，別時針線。離魂暗逐郎行遠。
　　淮南皓月冷千山，冥冥歸去無人管。

結構分析表：

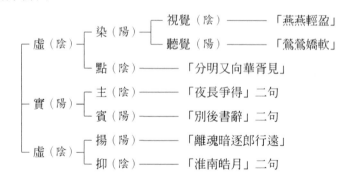

〔註32〕見《唐宋詞鑑賞集成·鄧小軍評》，頁2014。

〔註33〕見劉乃昌《姜夔詞新釋集評》（北京：中國書店，2001年1月第1版），頁7。

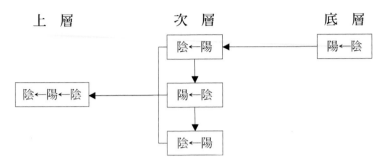

上 層　　　　　　次 層　　　　　　底 層

說　明：

　　此為姜夔的記夢之詞。起筆三句虛寫夢境，其「燕燕輕盈，鶯鶯嬌軟」乃結合了視覺與聽覺的意象而成；其下實寫醒後的悲戚與失落，所謂「春初早被相思染」道盡無限哀戚；下片續寫實景，藉「書辭」、「針線」表達對佳人的思念，收拍又落入虛想，想像佳人離魂暗逐，在「皓月冷山」之間，竟無人照管，更表現作者內心的憐惜之情。通篇主寫夢境，極盡詞人哀憐之意。結構表的底層為「視覺（陰）→聽覺（陽）」結構，其順向移位形成趨於陽剛的力量，此陽剛之勢居於底層，對於全篇風格的影響不大；次層有「染（陽）→ 點（陰）」、「主（陰）→ 賓（陽）」、「揚（陽）→ 抑（陰）」等三個結構，其中兩個是逆向移位，一個是順向移位，可以看出這層的陰柔之勢是較為明顯的；再以上層的「虛（陰）→ 實（陽）→ 虛（陰）」又是形成明顯陰柔之勢的轉位，使全篇風格偏於陰柔，展現「柔中寓剛」的形式。周嘯天分析此詞的筆法提到：

　　　　這首詞緊扣感夢之主題，以夢見情人開端，又以情人夢魂歸去收尾，意境極渾成。詞的後半部分，尤見幽絕奇絕。〔註34〕

沈祖棻亦云：

　　　　上片是怨，下片是轉怨為憐，有不知如何是好之意，溫厚之至。〔註35〕

〔註34〕見《唐宋詞鑑賞集成·周嘯天評》，頁 1994。
〔註35〕見沈祖棻《宋詞賞析》。收錄劉乃昌《姜夔詞新釋集評》，頁 37。

其夢境的描寫確實營造了「幽奇」的氛圍，而情思由怨轉憐，更極
盡清冷哀怨之致，從其營造的意象看來，是完全符合「柔中寓剛」
的風致。

◎〈惜紅衣〉淳熙十四年，1187

　　簟枕邀涼，琴書換日，睡餘無力。細灑冰泉，并刀破甘碧，
　　牆頭換酒，誰問訊、城南詩客。岑寂。高柳晚蟬，說西風消
　　息。虹梁水陌。魚浪吹香，紅衣半狼藉。維舟試望故國。眇
　　天北。可惜渚邊沙外，不共美人游歷。問甚時同賦，三十六
　　陂秋色。

結構分析表：

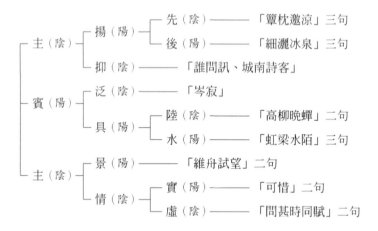

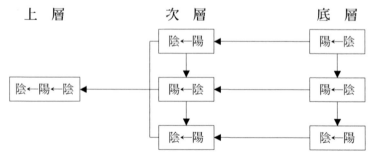

說　明：

　　這首詞是姜夔寓居吳興時，見荷花凋零所自度的作品。起筆描寫初夏「簟枕邀涼」、「刀破甘碧」的悠閒生活，而「誰問訊、城南詩客」卻又帶出自己客居吳興的無限寂寞；其後以「岑寂」二字泛指周遭景致；並運用具體的「高柳晚蟬」、「虹梁水陌」、「紅衣狼藉」等景物，營造一種蒼茫的意象，同時也襯托出淒涼的心事，故而轉出懷念美人之意，「維舟試望」之舉，道盡美人在天之涯、渺不可及的慨嘆；結句「三十六陂秋色」，又重回賞荷景致，更帶出茫然無期的思念之情。結構表的底層有「先（陰）→ 後（陽）」、「陸（陰）→ 水（陽）」、「實（陽）→ 虛（陰）」等三個結構，其中兩次順向移位，一次逆向移位，使這一層的陰陽力度幾近於平衡；次層爲「揚（陽）→ 抑（陰）」、「泛（陰）→ 具（陽）」、「景（陽）→ 情（陰）」等三個結構，其中「揚→抑」結構與「景→情」結構爲逆向移位，再加上「抑揚」章法的對比質性，產生極明顯的陰柔之勢，其力度遠大於「泛→具」結構所產生的陽剛之勢；上層的「主（陰）→ 賓（陽）→ 主（陰）」爲核心結構，又是形成陰柔之勢的轉位，再結合次層陰柔的力量，全篇形成「柔中寓剛」之風是非常明顯的。鄧小軍評此詞風格，所謂「清新剛勁」〔註36〕，其實僅扣得一端，未能就全篇定論；而劉乃昌之評則略稱公允，其言：

　　　　全篇清麗之景象、寂寥之心神思鄉懷友的情思，錯落
　　交織、渾融一體，呈現出清虛騷雅之美。〔註37〕

所謂「清虛騷雅」是姜詞一貫的格調，也是此詞所展現的具體風致，從章法風格分析此篇風格的內在律動，其「柔中寓剛」的形式，可與「清虛騷雅」的風致相互印證。

◎〈鷓鴣天〉己酉之秋，苕溪記所見　　淳熙十六年，1189
　　京洛風流絕代人，因何風絮落溪津？籠鞋淺出鴉頭襪，知是

〔註36〕見《唐宋詞鑑賞集成・劉乃昌評》，頁2047。
〔註37〕見劉乃昌《姜夔詞新釋集評》，頁42。

凌波縹緲身。紅乍笑，綠長嚬。與誰同度可憐春？鴛鴦獨宿
何曾慣，化作西樓一縷雲。

結構分析表：

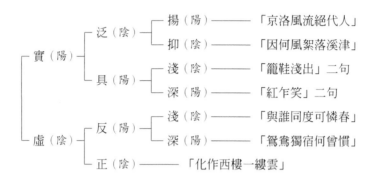

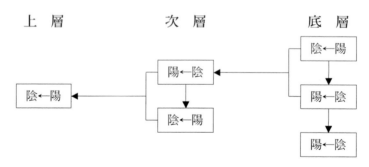

說　明：

　　這是姜夔因見婦人不幸的身世所寫下的一首詞。詞的上片實寫風
華佳人的神態，並以繁華的「京洛」與荒涼的「溪津」對比，凸顯婦
人昔盛今衰的遭遇；詞的下片續寫婦人「乍笑」、「長嚬」的神貌，其
一笑一嚬的描寫，更對比出婦人內心的辛酸；收拍轉入虛寫，想像其
春光獨守、鴛鴦獨宿的寂寞生活，結句從正面傳達對婦人的期待，希
望她「化作西樓一縷雲」，筆調充滿清柔虛空之感。結構表的底層是
一疊「揚（陽）→ 抑（陰）」結構與二疊「淺（陰）→ 深（陽）」結
構，在一疊逆向移位與兩疊順向移位的作用之下，使這一層的陰陽之

勢趨近於平衡；次層的「泛（陰）→ 具（陽）」結構是順向移位，其勢趨於陽剛，而「反（陽）→ 正（陰）」結構則爲逆向移位，其勢趨於陰柔，此陰柔的力度乃多於陽剛的力度；上層的「實（陽）→ 虛（陰）」又是逆向移位，其勢又趨於陰柔，再以核心結構之故，結合其他各層的陰柔之勢，當然使全詞的風格趨向「柔中寓剛」的型態。艾治平云：

> 開頭似是直敘其事，但仍保持了姜詞的「清虛騷雅，每於伊鬱中饒蘊藉」的風格。〔註38〕

這裡引用陳廷焯《白雨齋詞話》對於姜詞的總體評價來論定此詞的風格，可謂深中肯綮，亦符合章法風格之「柔中寓剛」的格調。

◎〈念奴嬌〉淳熙十六年，1189

> 鬧紅一舸，記來時嘗與鴛鴦爲侶。三十六陂人未到，水佩風裳無數。翠葉吹涼，玉容銷酒，更灑菰蒲雨。嫣然搖動，冷香飛上詩句。日暮青蓋亭亭，情人不見，爭忍凌波去。只恐舞衣寒易落，愁入西風南浦。高柳垂陰，老魚吹浪，留我花間住。田田多少，幾回沙際歸路。

結構分析表：

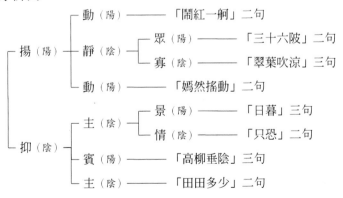

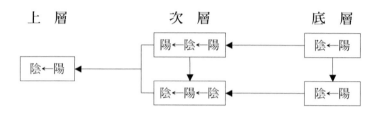

說　明：

　　這首詞是姜夔泛舟西湖、歌詠荷花的名篇。詞的上片以揚筆敘述賞荷的情境，詞人極盡描寫湖中荷花動靜交融的神態，尤其「嫣然搖動，冷香飛上詩句」，更饒富詩人逸趣；下片以低抑之筆調，傳寫詞人與荷花之間的依戀，並藉由「高柳垂陰」、「老魚吹浪」的陪襯，不僅凸顯荷花的神韻，更寄託了作者對理想生活的追求。結構表的底層是「眾（陽）→ 寡（陰）」結構與「景（陽）→ 情（陰）」結構，兩者皆爲逆向移位，其勢皆趨於陰柔；次層的「動（陽）→ 靜（陰）→ 動（陽）」結構，其轉位作用形成趨於陽剛的力量，由於動景與靜景之間的落差不大，此時的「動靜」章法呈調和的質性，與「主（陰）→ 賓（陽）→ 主（陰）」結構之轉位所形成的陰柔的力度相當，使這一層呈現剛柔互濟的狀態；上層的「揚（陽）→ 抑（陰）」結構，又是逆向移位，其勢又趨於陰柔，此核心結構的陰柔之勢結合底層陰柔的力量，使全篇的風格仍趨向「柔中寓剛」的形式。劉乃昌論此詞之情思提到：

　　　　　這首詞以清雅之筆觸，詠贊荷花貌美情眞、意象幽閑，
　　無形中融入了作者對品節風範的追求。〔註39〕

所謂「清雅之筆觸」、「意象幽閑」，同時道出此詞清柔婉約的風致，此風致恰與章法風格之「柔中寓剛」不謀而合。

◎〈滿江紅〉光宗紹熙二年，1191

　　仙姥來時，正一望、千頃翠瀾。旌旗共、亂雲俱下，依約前

──────────

〔註39〕見劉乃昌《姜夔詞新釋集評》，頁63。

山。命駕群龍金作軛，相從諸娣玉爲冠。向夜深、風定悄無
人，聞佩環。神奇處，君試看。尊淮右，阻江南。遣六丁雷
電，別守東關。卻笑英雄無好手，一篙春水走曹瞞。又怎知、
人在小紅樓，簾影間。

結構分析表：

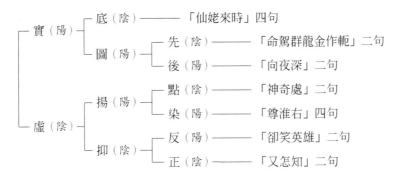

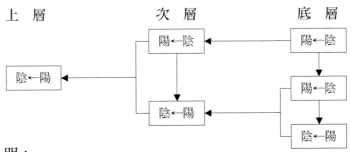

說　明：

　　這首〈滿江紅〉是姜夔改之以平韻，爲迎送巢湖仙姥之神曲。詞
的上片從描寫巢湖之自然風光著筆，所謂綠波萬頃、亂雲翻騰、旌旗
飛舞的景象，爲神仙顯現營造一個壯麗的背景；其後再接寫仙姥降臨
的景況，其群龍作軛、諸娣簇擁，充分展現其神采熠熠的情態；最後
以「夜深風定」及「佩環之聲」，側寫仙姥離去的杳渺之感；下片專
寫仙姥的神力與功勳，作者透過想像，描述其鎮守江淮、指揮若定的
神奇事蹟，並笑稱現實人物無人能與匹敵；結句轉成低抑的筆調，用
「小紅樓、簾影間」塑造仙姥另一個幽靜的形象，相較於「尊淮右，
阻江南」的雄奇氣象，更凸顯出陰沈幽奇之美。結構表的底層有「先

（陰）→ 後（陽）」結構，其與「點（陰）→ 染（陽）」結構皆爲順向移位，其勢趨於陽剛，而「反（陽）→ 正（陰）」結構則爲逆向移位，其陰柔之勢恰與前二疊順向移位所形成的陽剛之氣相抵，呈現幾近剛柔互濟的狀態；次層的「底（陰）→ 圖（陽）」結構，是趨於陽剛之勢的順向移位，而「揚（陰）→ 抑（陰）」結構則爲趨於陰柔之勢的逆向移位，此陰柔的力度原比陽剛之力度大，再以「抑揚」章法的對比質性，更增加了陰柔的力量；上層的「實（陽）→ 虛（陰）」結構又是逆向移位，其勢又趨於陰柔，因其核心結構之故，此陰柔的力度更爲明顯。綜合這三層的陰陽態勢，除底層呈現剛柔互濟的狀態之外，其餘二層的律動皆明顯偏於陰柔，可見這首詞的風格趨向「柔中寓剛」的形式是很明顯的。王季思評其風格所言：

> 仄韻〈滿江紅〉多押入聲字，即使音譜失傳，至今讀起來猶覺聲情激越豪壯；然而此詞改爲平韻，頓感從容和緩，婉約清疏，宜其被巢湖一帶善男信女用作迎送神曲而刻之楹柱。〔註40〕

此就這首〈滿江紅〉的聲韻而論，其平韻確實給人一種「從容和緩，婉約清疏」感受，而詞的下片所營造的幽靜之感，以及章法結構的內在律動所展現的「柔中寓剛」的格調，三者的內在韻律其實是同一基調，可以互相闡發印證的。

◎〈長亭怨慢〉紹熙二年，1191

> 漸吹盡、枝頭香絮，是處人家，綠深門戶。遠浦縈回，暮帆零亂向何許？閱人多矣，誰得似長亭樹。樹若有情時，不會得青青如此！日暮，望高城不見，祇見亂山無數。韋郎去也，怎忘得玉環分付。第一是早早歸來，怕紅萼無人爲主。算空有并刀，難剪離愁千縷。

〔註40〕見《唐宋詞鑑賞集成‧王季思評》，頁 2010。

結構分析表：

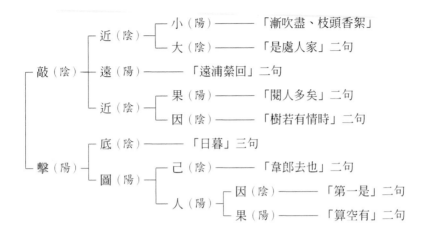

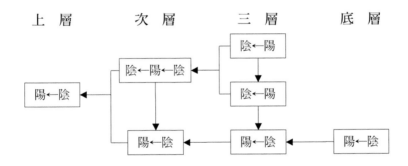

說　明：

　　這首詞是是姜夔憶別合肥情侶所作。詞的上片側寫柳樹，以柳樹之無情襯托自己惜別之深情，寫景遠近錯落，意境清空；下片正寫離情，分敘自己與情侶的愁緒，寫來情真意摯。結構表的底層是「因（陰）→ 果（陽）」結構，其順向移位形成趨於陽剛的力量；三層的「小（陽）→ 大（陰）」結構與「果（陽）→ 因（陰）」結構，皆為逆向移位，其勢趨於陰柔，此陰柔之勢大於「己（陰）→ 人（陽）」結構所產生的陽剛之勢；次層的「近（陰）→ 遠（陽）→ 近

（陰）」結構，是形成趨於陰柔的力量，此陰柔的力度明顯大於「底（陰）→ 圖（陽）」結構之順向移位所產生的陽剛之勢，更影響了上層「敲（陰）→ 擊（陽）」結構的陽剛之氣。總和結構表各層的陰陽態勢，由於次層與三層的陰柔之勢非常明顯，間接影響了上層的陽剛之氣使全篇仍呈現「柔中寓剛」的風格形式。繆鉞分析此詞的筆法與風格時提到：

> 男女相悅，傷離怨別，本是唐宋詞中常見的內容，但是姜夔所作的情詞則與眾不同。他摒除穠麗，著筆淡雅，不多寫正面，而借物寄興（如梅、柳），旁敲側擊，有迴環宕折之妙，無沾滯淺露之弊。〔註41〕

所謂「著筆淡雅」實爲此詞的基調，而「旁敲側擊，有迴環宕折之妙」，更點明了此篇「敲→擊」結構所營造的藝術效果，側寫部分所營造的清空意境，也是此詞偏於陰柔的重要因素，亦符合章法風格「柔中寓剛」的風致。

◎〈淡黃柳〉紹熙二年，1191

> 空城曉角，吹入垂楊陌。馬上單衣寒惻惻。看盡鵝黃嫩綠，都是江南舊相識。正岑寂。明朝又寒食。強攜酒，小橋宅。怕梨花落盡成秋色。燕燕飛來，問春何在，唯有池塘自碧。

結構分析表：

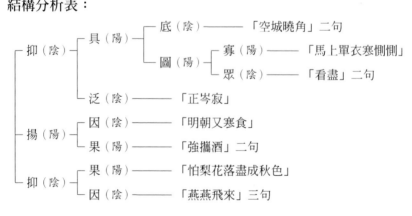

〔註41〕見《唐宋詞鑑賞集成‧繆鉞評》，頁2037。

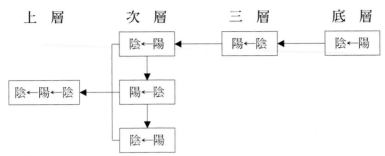

說　明：

　　這首詞是姜夔的自度曲，旨在抒發傷時之感。起筆「空城曉角」，營造了一個荒涼空漠的情境，在此背景之中，詞人身著單衣，踽踽獨行，周遭眾多柳色，更凸顯己身的孤單；下片「正岑寂」承上啓下，而「明朝」三句，稍稍揚起對初春清明的期待，卻仍暗藏落寞的情懷，於是收拍轉入抑筆，直言「怕梨花落盡成秋色」以泛起傷時之情，結句「唯有池塘自碧」更深化了惜春傷時的情緒。結構表的底層是「眾（陽）→ 寡（陰）」結構，其逆向移位產生了趨於陰柔的力量；三層是「底（陰）→ 圖（陽）」結構，爲順向移位，其勢趨於陽剛；次層的「具（陽）→ 泛（陰）」是逆向移位，其勢趨於陰柔，而「因（陰）→ 果（陽）」結構爲順向移位，其勢趨於陽剛，至於「果（陽）→ 因（陰）」結構，又是逆向移位，其勢又趨於陰柔，此層在一順、二逆的移位作用之下，凸顯了陰柔的力量；上層爲「抑（陰）→ 揚（陽）→ 抑（陰）」結構，是趨於陰柔之勢的轉位，此陰柔的力量本來就非常明顯，而「抑揚」章法的對比質性，又加強了陰柔的力度，可見此篇呈現「柔中寓剛」的風格，於理固然。劉乃昌評此詞云：

　　　　上片緊扣觀柳，主要寫眼中景，下片轉入訪情人，引發時移景遷的憂思，全借虛擬之景來體現。意象清空，情感深沈。〔註42〕

所謂「意象清空，情感深沈」，正道盡這首詞的陰柔情調，也直接印證章法風格「剛中寓柔」之律動的準確性。

〔註42〕見劉乃昌《姜夔詞新釋集評》，頁 73。

◎〈暗香〉紹熙二年，1191

　　舊時月色，算幾番照我，梅邊吹笛？喚起玉人，不管清寒與攀摘。何遜而今漸老，都忘卻、春風詞筆。但怪得、竹外疏花，香冷入瑤席。江國，正寂寂。嘆寄與路遙，夜雪初積。翠尊易泣，紅萼無言耿相憶。長記曾攜手處，千樹壓、西湖寒碧。又片片吹盡也，幾時見得？

結構分析表：

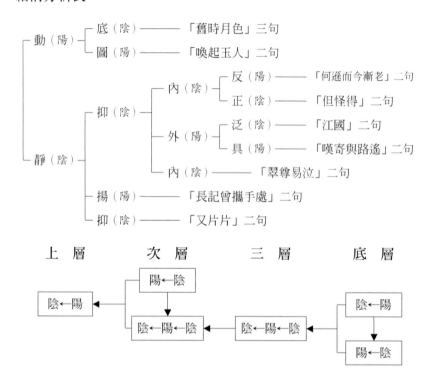

說　明：

　　本篇〈暗香〉與下篇〈疏影〉是姜夔自度的詠梅名作。〈暗香〉一詞，更融詠梅、懷舊與寄慨爲一體。[註43] 起筆追憶昔日賞梅情景，著眼於動態的描寫，不僅帶出詠梅的雅興，更串起了攸長廣袤的時空

〔註43〕參見劉乃昌《姜夔詞新釋集評》，頁98。

環境;「何遜而今漸老」以下,宕回今時,作者以何遜自比,嘆言才力不逮,已「忘卻春風詞筆」,無能詠梅,「但怪得」卻筆鋒一轉,說竹花香冷,仍不免引動詩興;下片「江國」二句,轉出室外,其言「寄與路遙,夜雪初積」,以梅花受夜雪阻隔,無法寄達,來表達相思之意,而「翠尊易泣」二句又轉入室內,以樽酒、紅萼表達相思的愁緒;「長記曾攜手處」又揚起一片追憶,藉由那千樹梅花,表現繁盛之景;收拍又宕回今時,「又片片吹盡」二句,描寫梅花由盛開而枯落的急遽變化,帶出深刻的嘆惋之情。結構表的底層為「反(陽)→ 正(陰)」結構與「泛(陰)→ 具(陽)」結構,其一逆、一順的移位作用,使此層呈現陰柔的力量;三層是「內(陰)→ 外(陽)→ 內(陰)」結構,其轉位作用形成了極明顯的陰柔之勢;次層的「底(陰)→ 圖(陽)」結構是順向移位,其勢趨於陽剛,而「抑(陰)→ 揚(陽)→ 抑(陰)」結構之轉位作用,卻形成更明顯的陰柔之勢,其力度遠大於此層的陽剛之勢;上層為「動(陽)→ 靜(陰)」結構,其逆向移位又形成陰柔的力量。綜觀整體結構表的陰陽態勢,陰柔的力量明顯大於陽剛的力量,故知全篇風格應呈現「柔中寓剛」的律動。李佳《左庵詞話》曾云:

> 白石筆致騷雅,非他人所及,最多佳作。石湖詠梅二詞,尤為空前絕後,獨有千古。〈暗香〉云:「……」〈疏影〉云:「……」清虛婉約,用典亦復不涉呆相。風雅如此,老倩小紅低唱,吹蕭和之,洵無愧色。〔註44〕

其「清虛婉約」之評,對於此篇的陰柔風致,可謂深中肯綮,也直接印證了章法風格「柔中寓剛」的基調。

◎〈疏影〉紹熙二年,1191

　　苔枝綴玉,有翠禽小小,枝上同宿。客裏相逢,籬角黃昏,無言自倚修竹。昭君不慣胡沙遠,但暗憶、江南江北;想珮環、月夜歸來,化作此花幽獨。猶記深宮舊事,那人正睡裏,

―――――――――――――――――――――――

〔註44〕見李佳《左庵詞話》,卷上。收錄於《詞話叢編》第四冊,頁3109。

飛近蛾綠。莫似春風，不管盈盈，早與安排金屋。還教一片
隨波去，又卻怨、玉龍哀曲。等恁時、重覓幽香，已入小窗
橫幅。

結構分析表：

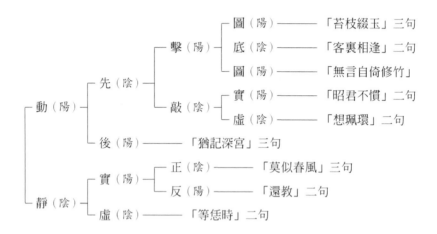

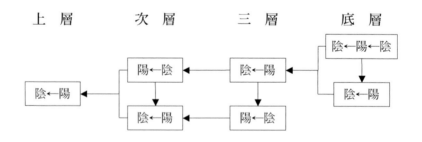

說　明：

〈疏影〉一詞，巧妙地融合數個典故，以刻畫梅花的風姿、品格、命運及遭遇，其中更蘊含著深刻的情理與哲思。起筆三句描繪梅花優美的姿態，其暗用趙師雄巧遇仙女的神話故事，將梅花的姿態表現得極爲動人；「客裏相逢，籬角黃昏」交代了時空背景，其下「無言自倚修竹」化用杜甫詩句，主要在詠讚梅花高節的風姿；行筆至此，皆正寫梅花神態，「昭君」以下四句，則從側面敘說王昭君的遭遇與心

境，在一實一虛的交錯之下，將昭君的身世影射在梅花之中，添增了幾分哀怨與幽獨；下片起筆描寫梅花飄落，「猶記深宮舊事」三句，化用壽陽公主沈睡花下的典故，將梅花飄落融合美人睡姿，更覺輕靈動人；待梅花飄落，一切歸於沈靜，以下詞句著重於靜態的描寫，「莫似春風」三句，化用漢武帝金屋藏嬌之事，表達惜花之情；即使爲梅花準備金屋，仍擋不住片片隨波而去，此時更深化了惜花的心緒；收拍二句，虛寫梅花身影，其言「已入小窗橫幅」，似乎在說，梅花已落而枝影猶在，映在小窗橫幅之間，更覺意趣幽渺。結構表的底層是「圖（陽）→ 底（陰）→ 圖（陽）」結構，其轉位作用形成趨於陽剛的力量，而「實（陽）→ 虛（陰）」結構所產生的陰柔之勢，削弱了部分的陽剛之氣；三層的「擊（陽）→ 敲（陰）」結構與「正（陰）→ 反（陽）」結構，恰爲一逆、一順的移位，造成凸顯陰柔之氣的作用；次層的「先（陰）→ 後（陽）」結構與「實（陽）→ 虛（陰）」結構，也是一順、一逆的移位作用，又凸顯了陰柔之勢；上層的「動（陽）→ 靜（陰）」結構爲逆向移位，其勢亦趨於陰柔。總歸結構表各層的陰陽態勢，底層的陽剛之勢被消弱了一部份，此勢有居於底層，更降低對於全篇風格的影響力，至於其他各層皆呈現趨於陰柔的態勢，可以見得全篇風格仍是趨向「柔中寓剛」的。劉乃昌評此詞風格提到：

> 篇中空靈的意趣，幽渺的意象，自然充溢著沈厚的思理。〔註45〕

其言「空靈幽渺」的特色，指明此詞偏於陰柔的風格，可與章法風格之「柔中寓剛」的律動相互闡發。

◎〈浣溪沙〉紹熙二年，1191

> 釵燕籠雲晚不慳，擬將裙帶繫郎船，別離滋味又今年。楊柳夜寒猶自舞，鴛鴦風急不成眠，些而閒事莫縈牽。

〔註45〕見劉乃昌《姜夔詞新釋集評》，頁104。

結構分析表：

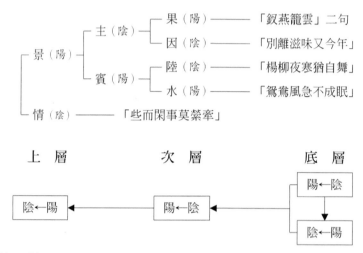

說　明：

　　姜夔曾旅居安徽合肥，此地曾有他一段刻骨銘心的戀情，這首〈浣溪沙〉是他離開合肥之際的惜別之作。詞以寫景開端，描寫佳人送別的情景，其「釵燕籠雲」、「裙繫郎船」，不僅生動繪出佳人不捨的情態，更帶出纏綿深摯的離情；下片歌詠周遭景物，以「楊柳」、「鴛鴦」反襯這一對即將分離的情人，結句「些而閑事莫縈牽」，雖言「分別」爲常事，卻只是強作寬慰之語，其內心的惆悵與不捨，無言可喻。結構表的底層是「果（陽）→ 因（陰）」結構與「陸（陰）→ 水（陽）」結構，其一逆、一順的移位，突顯出陰柔的力量；次層的「主（陰）→ 賓（陽）」結構，是順向移位，其勢趨於陽剛，然此陽剛之勢並不強烈；上層的「景（陽）→ 情（陰）」結構是逆向移位，其勢又趨於陰柔，此陰柔之勢居於核心結構之處，影響全篇風格甚多，再加上底層所凸顯的陰柔的力量，整體風格可以見出「柔中寓剛」的形式。劉乃昌評此詞云：

　　　　全詞略無雕飾，自然爽暢，彷彿脫口而出。然而句中

　　　餘味、言外之情，卻耐人體會不盡。〔註46〕

所謂「自然爽暢」，似乎說明了此篇風格是剛柔兼具的，然而就其展現的詞情來看，上片的纏綿深摯，下片的含婉惆悵，皆呈現陰柔的風致，而章法風格亦分析出此詞「柔中寓剛」的內在律動，如劉氏所言「句中餘味、言外之情，卻耐人體會不盡」，這種含蓄的情致才是符合全詞偏柔的格調。

◎〈摸魚兒〉紹熙二年，1191

　　　向秋來、漸疏班扇，雨聲時過金井。堂虛已放新涼入，湘竹最宜敧枕。閑記省，又還是、斜河舊約今再整。天風夜冷，自織錦人歸，乘槎客去，此意有誰領。空贏得今古三星炯炯，銀波相望千頃。柳州老矣猶兒戰，瓜果為伊三請。雲路迥，漫說道、年年野鵲曾并影。無人與問，但濁酒相呼，疏簾自捲，微月照清飲。

結構分析表：

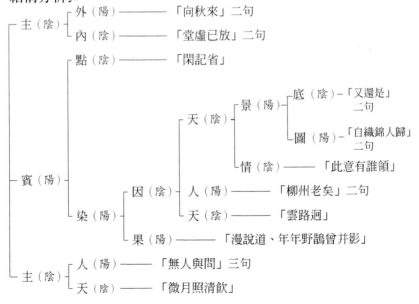

〔註46〕見劉乃昌《姜夔詞新釋集評》，頁66。

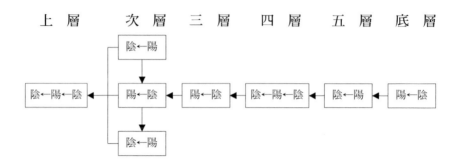

上層　　次層　三層　四層　五層　底層

說　明：

　　結構表共分六層。底層的「底（陰）→ 圖（陽）」結構是順向移位，其勢趨於陽剛；五層的「景（陽）→ 情（陰）」結構是逆向移位，其勢趨於陰柔；四層的「天（陰）→ 人（陽）→ 天（陰）」結構是趨於陰柔之勢的轉位；三層的「因（陰）→ 果（陽）」結構是順向移位，其勢趨於陽剛；次層有「外（陽）→ 內（陰）」結構、「點（陰）→ 染（陽）」結構與「人（陽）→ 天（陰）」結構，其中一疊爲順向移位，其勢趨於陽剛，二疊爲逆向移位，其勢趨於陰柔，此二疊逆向移位所形成的陰柔之勢遠大於陽剛之勢；上層的「主（陰）→ 賓（陽）→ 主（陰）」結構是明顯的移位作用，其勢亦爲明顯地趨於陰柔。綜觀結構表的陰陽態勢，底層的陽剛之勢對於整體風格的影響有限，而三層趨於陽剛的力度，又明顯小於四層與上層之轉位所形成的陰柔之勢，可見全篇陰柔的律動顯著大於陽剛的律動，其呈現「柔中寓剛」的風格也是顯而易見的。劉乃昌分析此詞云：

　　　　收拍與開篇呼應，境界一派清冷、孤寂。全篇詠天庭牛女和人間乞巧，隱隱流露出對愛情波瀾的憂傷，不善乖巧拙於應世的嘆惋。〔註47〕

其「清冷」、「孤寂」的基調，恰與章法風格之「柔中寓剛」契合。

〔註47〕見劉乃昌《姜夔詞新釋集評》，頁83。

◎〈秋宵吟〉紹熙二年，1191

　　古簾空，墜月皎，坐久西窗人悄。蛩吟苦，漸漏水丁丁，箭
　　壺催曉。引涼颸，動翠葆，露角斜飛雲表。因嗟念、似去國
　　情懷，暮帆煙草。帶眼銷磨，爲近日愁多頓老。衛娘何在，
　　宋玉歸來，兩地暗縈繞。搖落江楓早，嫩約無憑，幽夢又杳，
　　但盈盈、泊灑單衣，今夕何夕恨未了。

結構分析表：

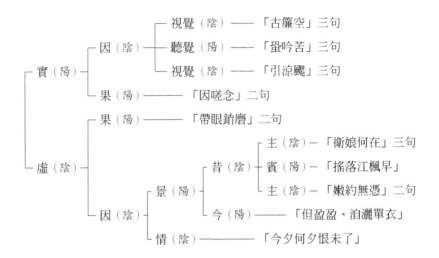

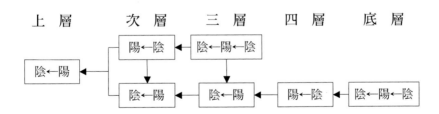

說　明：

　　此詞亦爲姜夔自度之作，詞旨與調名一致。上片實寫秋宵獨坐
之景，運用感官知覺的轉換，營造一種空蕩蒼涼的意蘊；下片虛寫
懷人的情景，起筆追憶昔日與佳人相處情境，以凸顯今日「泊灑單

衣」的痛苦；結句以抒情收拍，不僅帶出憾恨之情，其「今夕何夕」更呼應〈秋宵〉之題旨。結構表共分五層。底層的「主（陰）→ 賓（陽）→ 主（陰）」結構，是產生趨於陰柔之勢的轉位；四層是「昔（陰）→ 今（陽）」結構，是順向移位，其勢趨於陽剛；三層有「視覺（陰）→ 聽覺（陽）→ 視覺（陰）」結構，是趨於陰柔的轉位，而「景（陽）→ 情（陰）」結構則是趨於陰柔的逆向移位，兩者的陰柔之勢，因相加而更為明顯；次層的「因（陰）→ 果（陽）」結構是順向移位，其勢趨於陽剛，而「果（陽）→ 因（陰）」結構是逆向移位，其勢趨於陰柔，將陽剛之勢拉回而呈現陰柔的力量；上層為「實（陽）→ 虛（陰）」結構，其逆向移位又產生趨於陰柔的力量。在結構表之中，除了四層呈現陽剛之勢外，其餘各層皆凸顯了陰柔的力量，使全篇展現「柔中寓剛」的風格形式。劉乃昌分析此詞的情思與風韻時提到：

> 詞寫秋宵懷人，意象淒冷，韻味酸楚，體現出詞人情
> 深意摯，離恨綿綿無盡。〔註48〕

所謂「意象清冷」，是在強調詞中意象所呈現的風致，而「情深意摯」、「離恨綿綿」的愁思又給人一種哀婉淒惻的感受，這些都是使此篇風格趨於陰柔的因素，結合章法風格「柔中寓剛」的律動來看，其趨於陰柔風格的脈絡是有跡可尋的。

◎〈**水龍吟**〉紹熙四年，1193

> 夜深客子移舟處，兩兩沙禽驚起。紅衣入槳，青燈搖浪，微涼意思。把酒臨風，不思歸去，有如此水。況茂陵遊倦，長干望久，芳心事、簫聲裏。屈指歸期尚未。鵠南飛、有人應喜。畫闌桂子，留香小待，提攜影底。我已情多，十年幽夢，略曾如此。甚謝郎、也恨飄零，解到明月千里。

〔註48〕見劉乃昌《姜夔詞新釋集評》，頁89。

結構分析表：

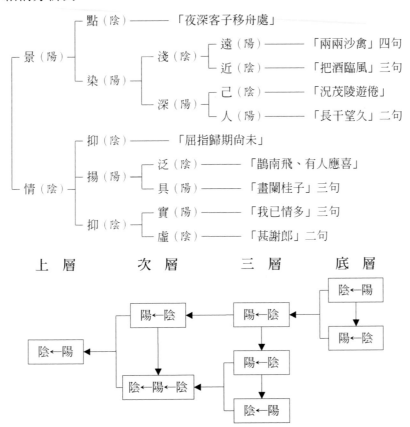

說　明：

　　本篇是姜夔客居紹興時所作，其旨在描寫深夜泛舟時的所見所感。這首詞運用了傳統詞作「上片寫景，下片抒情」的筆法。寫景部分由遠而近，由己身之感拓傳到佳人之思，充分展現「客子移舟」時的思鄉情狀；抒情部分先以抑筆帶出思歸之感，而後揚起一陣與佳人歡聚的虛想，收拍又回到孤獨泛舟的現實，感嘆「十年幽夢」的身世，更虛想千里之外的佳人，傳達了思歸不得的憾恨。在虛實情感交錯之中結構表共分四層，底層的「遠（陽）→近（陰）」結構為逆向移位，其勢趨於陰柔，而「己（陰）→人（陽）」結構為順向移位，其勢趨

於陽剛，在一順、一逆的移位作用中，陰柔的力量被凸顯出來；三層有「淺（陰）→ 深（陽）」結構、「泛（陰）→ 具（陽）」結構與「實（陽）→ 虛（陰）」結構，恰形成一逆向、二順向的移位，使這層的剛柔趨於平衡；次層的「點（陰）→ 染（陽）」是順向移位，其勢趨於陽剛，但此陽剛之勢，仍小於「抑（陰）→ 揚（陽）→ 抑（陰）」之轉位所產生的陰柔之勢；至上層的「景（陽）→ 情（陰）」爲逆向移位，其勢又趨於陰柔。綜觀結構表的陰陽態勢，除了三層呈現陰陽平衡的態勢之外，其餘各層的陰柔之勢皆多於陽剛之勢，可見全篇的風格應是趨於「柔中寓剛」的形式。劉乃昌評此詞說到：

> 本篇寫景活潑靈動，抒情婉轉細膩，善於從對面著筆，
> 想像幽渺精微，堪稱風韻旖旎的抒情佳篇。〔註49〕

所謂「寫景活潑靈動，抒情婉轉細膩」，以點明此篇的藝術特色，其處處虛寫對方情思，更蘊含「幽渺精微」，這些特點皆爲陰柔之格調，從章法風格分析其內在律動，全篇確實呈現了「柔中寓剛」的風致。

◎〈浣溪沙〉寧宗慶元二年，1196

> 雁怯重雲不肯啼。畫船愁過石塘西。打頭風浪惡禁持。春浦漸生迎棹綠。小梅應長亞門枝。一年燈火要人歸。

結構分析表：

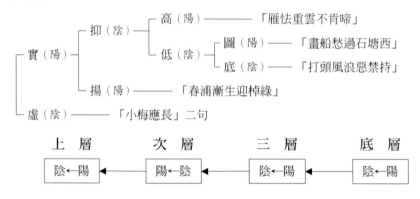

〔註49〕見劉乃昌《姜夔詞新釋集評》，頁110。

說　明：

　　姜夔在經年飄泊之後，一度可以返家，此詞是其返家途中所作。篇中展現了作者企盼返家過節的急切心情。詞的上片實寫返家途中所見，「雁怯重雲」三句，呈現的是擔憂行程受阻的心境，寫來陰沈低抑；下片起筆仍接續實景，情境卻轉為飛揚，在周遭一片「春浦漸生」的歸途，詞人不禁懸想家人盼歸的情景，結尾二句虛寫家人神態，更凸顯作者歸心似箭的情緒。結構表共分四層。底層的「圖（陽）→ 底（陰）」結構是逆向移位，其勢趨於陰柔；三層的「高（陽）→ 低（陰）」結構亦為逆向移位，其勢又趨於陰柔；次層的「抑（陰）→ 揚（陽）」結構是順向轉位，其勢則趨於陽剛；上層的「實（陽）→ 虛（陰）」結構又是逆向移位，其勢又趨於陰柔。綜觀整體結構表的陰陽態勢，除次層呈現較強的陽剛之氣外，其餘各層的陰柔之勢都比較明顯，雖然次層的「抑揚」章法具對比質性，有增強陽剛之氣的作用，然其力度仍小於上層的陰柔之勢，整體而言，全篇的陰柔之勢仍稍多於陽剛之勢，故仍歸於「柔中寓剛」的風格形式。劉乃昌評此詞云：

　　　　此篇末一語點晴：「一年燈火要人歸」，……簡潔含蓄
　　　地傾吐出作者急於歸來闔家團聚、歡歡樂樂送除夕的沈摯
　　　心曲。〔註50〕

其言「簡潔含蓄」，確實符合此詞陰柔的格調，也直接印證章法風格之「柔中寓剛」風格的準確性。

◎〈齊天樂〉寧宗慶元二年，1196

　　庾郎先自吟愁賦，淒淒更聞私語。露濕銅鋪，苔侵石井，都是曾聽伊處。哀音似訴。正思婦無眠，起尋機杼。曲曲屏山，夜涼獨自甚情緒？西窗又吹暗雨。為誰頻斷續，相和砧杵？候館迎秋，離宮弔月，別有傷心無數。豳詩漫與。笑籬落呼燈，世間兒女。寫入琴絲，一聲聲更苦。

〔註50〕見劉乃昌《姜夔詞新釋集評》，頁146。

結構分析表：

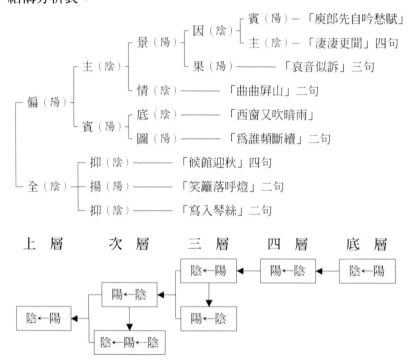

說　明：

　　這是姜夔詠蟋蟀的名篇。詞的上片專從蟋蟀的聲音著筆，寫到蟋蟀哀怨的鳴聲，同時也涵蓋了詞人聞聲所引發的情緒；下片起筆轉向西窗暗雨，用「砧杵」之聲襯托蟋蟀之鳴，，更凸顯其淒淒的悲音；其後作者將蟋蟀的鳴聲推拓到更廣的人生哲思，所謂「候館迎秋」、「離宮弔月」，舉凡人間失意飄泊的情境，皆可能因蟋蟀之聲而心生悲嘆，即使人間有「兒女呼燈」，捕捉蟋蟀的情趣，但終究無法掩蓋蟋蟀鳴聲的悲苦，結句「寫入琴絲，一聲聲更苦」，確實呈現了幽怨淒楚的情調。結構表共分五層。底層的「賓（陽）→ 主（陰）」結構是逆向移位，其勢趨於陰柔；四層的「因（陰）→ 果（陽）」結構是順向移位，其勢則趨於陽剛，三層爲「景（陽）→ 情（陰）」結構與「底（陰）→ 圖（陽）」結構，其一逆、一順的移位作用，

凸顯了陰柔的力量；次層的「主（陰）→　賓（陽）」結構是順向移位，其勢趨於陽剛，此陽剛的力度遠小於「抑（陰）→　揚（陽）→抑（陰）」結構之轉位所產生的陰柔之勢；上層爲「偏（陽）→　全（陰）」結構，其逆向移位又使陰柔的力量凸顯出來。綜合結構表的的陰陽成分，除了四層呈現較強的陽剛之勢外，其餘各層的陰柔力度皆大於陽剛的力度，整體觀之，全篇的風格仍是「柔中寓剛」的形式。朱德才評云：

> 「曲曲屏山，夜涼獨自甚情緒」寫思婦念遠的心情，
> 兩句文筆疏浚，含蓄蘊藉，委婉盡情。〔註51〕

其言「含蓄蘊藉，委婉盡情」，實可作爲全篇風格的基調。而夏承燾、吳無聞更指出：

> 白石此詞在「愁」字背後，隱約含蓄地透露出興亡之
> 感，這就是詠物詞的寄託。〔註52〕

若這首詞寄託了興亡之感，則其隱約含蓄的筆調又將增添了全篇陰柔的風致，從章法風格的角度分析，此詞「柔中寓剛」的內在律動確實與上述特色相符。

◎〈憶王孫〉未編年

> 冷紅葉葉下塘秋，長與行雲共一舟。零落江南不自由。兩綢
> 繆，料得吟鸞夜夜愁。

結構分析表：

```
      ┌ 景（陽）┬ 天（陰）──── 「冷紅葉葉下塘秋」
      │        └ 人（陽）──── 「長與行雲共一舟」
    ─┤
      │        ┌ 實（陽）──── 「零落江南」二句
      └ 情（陰）┴ 虛（陰）──── 「料得吟鸞夜夜愁」
```

〔註51〕見《唐宋詞鑑賞集成・朱德才評》，頁 2008。
〔註52〕見夏承燾、吳無聞《姜白石詞校注》。收錄於劉乃昌《姜夔詞新釋集評》，頁 131。

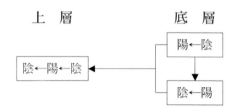

說　明：

　　此首小令，是姜夔由鄱陽湖時，駐足彭氏小樓的抒感之作。所抒發的情感包含思念情侶與身世之感。起筆二句描寫駐足所見的景致，其自然與人事的融合極其高妙；而「零落江南不自由」卻道出了落魄書生身不由己的感懷；從身世之感想到遠方伊人，乃自然而然之事，其言「兩綢繆，料得吟鸞夜夜愁」，寫出了纏綿的思念之情。結構表的底層是「天（陰）→ 人（陽）」結構與「實（陽）→ 虛（陰）」結構，在其一逆向、一順向的移位之中，凸顯了陰柔的力量；上層的「景（陽）→ 情（陰）」結構是逆向移位，其勢趨於陰柔，因居於核心結構之處，再加上底層的陰柔之勢，全篇明顯呈現「柔中寓剛」的風格形式。劉乃昌、崔海正評其風格有云：

　　　　　這首小詞以景語起，以情語結，將身世之感與懷人之思
　　自然地結合起來，於清新明快中饒有含蓄蘊藉的風致。〔註53〕

所謂「清新明快」乃指其陽剛部分之風，而「含蓄蘊藉」卻指明了此詞陰柔風格的趨向，從章法風格所分析的內在律動來看，此「含蓄蘊藉」之風的成分仍是較多的。

◎〈側犯〉未編年

　　　　恨春易去，甚春卻向揚州住。微雨，正繭栗梢頭弄詩句。紅橋二十四，總是行雲處。無語，漸半脫宮衣笑相顧。金壺細葉，千朵圍歌舞。誰念我、鬢成絲，來此供尊俎。後日西園，綠陰無數。寂寞劉郎，自修花譜。

結構分析表：

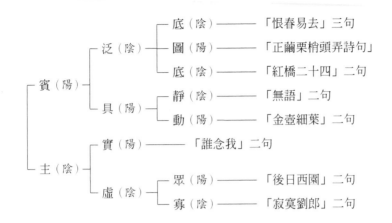

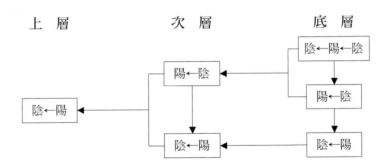

說　明：

　　這首詞是姜夔第二次重游揚州所寫下的感遇之作。副題雖爲「詠芍藥」，實蘊含著深刻的遲暮之感。上片起筆泛寫芍藥在微雨橋邊初綻蓓蕾的神態，一句「梢頭弄詩句」更帶出幾分詩意；「無語」二句，具寫芍藥半開之姿，而「金壺細葉，千朵圍歌舞」更極寫芍藥盛開、春情激盪的動人姿態；這些聲色交融的場景，讓詞人心生遲暮之感，於是自嘆鬢已成絲，在一片盛開的芍藥花中，詞人更顯落寞，其言「寂寞劉郎，自修花譜」的淒涼心境，頗具柔婉深沈之致。結構表的底層有「底（陰）→ 圖（陽）→ 底（陰）」結構，其轉位作用強化了陰

柔的力量，而「靜（陰）→ 動（陽）」結構的順向移位與「眾（陽）→ 寡（陰）」的逆向移位，兩者互相消抵之下，使陰柔之勢被凸顯出來；次層的「泛（陰）→ 具（陽）」結構與「實（陽）→ 虛（陰）」結構，也是順向移位與逆向移位的消長，又凸顯了陰柔的力量；至於上層的「賓（陽）→ 主（陰）」結構，是逆向移位，其勢趨於陰柔。綜觀結構表的陰陽絀長，三層結構皆凸顯出陰柔的力量，其陽剛之勢明顯較小，故全篇的風格仍屬於「剛中寓柔」的形式。朱世英分析此詞的意象與筆法時提到：

> 張炎所說「詞不宜質實」，乃是從對面總結了姜夔的創作經驗。……在姜夔的筆下，它表現得非常簡潔，也非常生動：「微雨，正繭栗梢頭弄詩句。」「弄詩句」是醞釀詩情的意思，它確乎比較抽象，沒能把花苞受雨後飛快發育成長的狀況具體地顯示出來，但卻深刻地揭示出變化的微妙以及含蓄其間、難以言說的詩意美。這種執簡馭繁，不圖肖形，但求傳神的表現手法，無疑有助於清空高遠藝術境界和風格的形成。〔註54〕

此言「清空高遠」的藝術境界，再結合此篇深沈柔婉的情思，則已確定了陰柔風格的基調，從章法風格的邏輯分析，也確實符合「柔中寓剛」的內在律動。

結　語

　　婉約詞的發展，從《花間》、《尊前》的香豔穠麗，到北宋小詞的雅麗疏澹，均脫離不了男歡女愛、離愁別緒的題材。蘇軾的婉約詞除了繼承晚唐、五代，以至宋初的傳統詞風之外，更擴大了詞的內容，除了上述題材，凡山光水色、農村生活、節候時令、宦海浮沈、人生際遇等題材，皆融入了蘇軾的婉約詞作之中，使其婉約詞多了「清遠」、「幽獨」的情調；至於姜夔的詞作，又是婉約詞發展的另一個轉

〔註54〕見《唐宋詞鑑賞集成・朱世英評》，頁 2024。

折。自宋室南渡，文人歷盡亡國之痛，豪放詞派（如岳飛、辛棄疾）創作了許多鼓勵人心、慷慨激憤的作品，即使是婉約詞人（如李清照、葉夢得），亦多表現其隱恨沈哀而已，而姜夔以其寥落清客的身份，用「健筆寫柔情」，發展出另一種「清疏」的婉約風貌。本章以章法風格的理論，梳理蘇詞與姜詞「柔中寓剛」的內在條理，相信可以提供其詞風的不同詮釋。

第六章　章法風格中「剛柔相濟」之作品證析

從章法風格的角度來說，所謂「剛柔相濟」的風格，是指辭章中陽剛與陰柔的成分相等或趨近於相等的一種態勢。但是檢驗實際作品的內在律動，其剛柔相等的形式是很少見的，以蘇軾詞和姜夔詞來說，也是寥寥可數；至於辭章中剛柔成分趨近於相等的情況，可以從其章法結構的陰陽律動察知，本章即針對這種形式，選取蘇軾與姜夔的詞作，從辭章結構分析表所呈現的陰陽進絀，探討其剛柔成分趨近於相等的詞風。

第一節　蘇軾「剛柔相濟」之詞風舉隅

就蘇詞而言，其「剛柔相濟」的詞風，即其作品中兼具「清」與「雄」或「清」與「峻」的詞風。本節選取蘇軾十六首具有「剛柔相濟」之特色的詞作，分析其章法風格的內在律動，並結合學者對其詞風之評價，以印證蘇軾「清雄」、「清峻」之詞風，與章法風格「剛柔相濟」的形式相合。

◎〈醉落魄〉蘇州閶門留別　神宗熙寧七年，1074

　　蒼顏華髮。故山歸計何時決！舊交新貴音書絕。惟有佳人，
　　猶作殷勤別。離亭欲去歌聲咽。瀟瀟細雨涼生頰。淚珠不用

　　　羅巾裛。彈在羅衣，圖得見時說。

結構分析表：

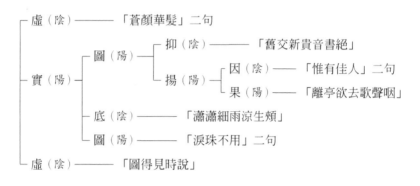

說　明：

　　這首詞是蘇軾移任密州知州，途經蘇州時，送給歌妓的作品。起筆二句虛寫自己無計歸鄉，再轉回現實的遭遇與感慨，一方面感嘆政治失意，舊交叛離，另一方面又珍惜蘇州歌妓的懇切情意，蘇軾在此離亭欲去之際，將歌妓殷勤送別的情景表現得淋漓盡致，結句「圖得見時說」又充滿了纏綿之感。結構表的底層是「因（陰）→ 果（陽）」結構，其順向移位產生趨於陽剛的力量；次層爲「抑（陰）→ 揚（陽）」結構，其順向移位又產生趨於陽剛的力量，且「抑揚」章法的對比質性之故，其陽剛之勢又增強；次層的「圖（陽）→ 底（陰）→ 圖（陽）」結構，其轉位形成趨於陽剛的力量；上層的「虛（陰）→ 實（陽）→ 虛（陰）」結構，則是趨於陰柔之勢的轉位。從整體來看，上層爲核心結構，其陰柔的力度大於次層的陽剛之勢，本應凸顯出陰柔的力量，而三層與底層的陽剛之勢卻將此力量消弱，使整體的律動趨於「剛柔相濟」的態勢。湯易水、周義敢評此詞云：

　　（蘇軾）沿用晚唐五代以來婉約詞的某些寫作技巧來

寫歌妓，但不寫淺斟低唱，不涉豔冶風情，而是以幽怨纏
綿的手法，表達身世之感和政治懷抱。〔註1〕

所謂「幽怨纏綿」，即陰柔的風致，而作者描寫歌妓強烈的離情，與
批判舊交新貴的勢利，則展現了陽剛之氣，其「剛柔相濟」的風格情
調是非常明顯的。

◎〈鵲橋仙〉七夕送陳令舉　　熙寧七年，1074

　　侯山仙子，高情雲渺，不學癡牛騃女。鳳簫聲斷月明中，舉
　　手謝時人欲去。客槎曾犯，銀河波浪，尚帶天海風雨。相逢
　　一醉是前緣，風雨散、飄然何處？

結構分析表：

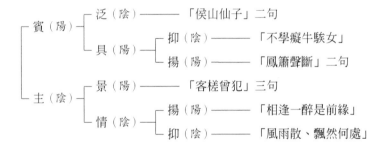

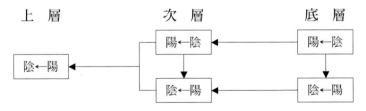

說　明：

　　這首詞以七夕為題，乃為送別友人陳令舉所作。上片以仙人故事
開端，在一褒一貶之間，傳達了對於「侯山仙子」超塵撥俗、不為柔
情羈絆的傾慕之意。其意在烘托下片的離愁，並再次運用抑揚對比的

〔註1〕見《唐宋詞鑑賞集成·湯易水、周義敢評》（臺北：五南圖書公司，
　　2001年12月初版二刷），頁841。

筆法以凸顯心中的無限感慨。結構表底層為「抑（陰）→ 揚（陽）」及「揚（陽）→ 抑（陰）」結構，相互抵消之下，陰柔之氣稍強；次層「泛（陰）→ 具（陽）」結構產生陽剛之氣，與「景（陽）→ 情（陰）」結構所產生的陰柔之氣相抵，仍是陰柔之勢較強；上層「賓（陽）→ 主（陰）」為核心結構，其所產生的陰柔之氣主導全篇的風格，但是此篇「抑揚」章法的對比質性，產生部分陽剛之氣，對於全篇陰柔之勢有若干影響，遂使整首詞的內在律動形成「剛柔相濟」的態勢。劉乃昌評曰：

> 蘇軾寫七夕，擺脱了兒女豔情的舊套，借以抒寫送別的友情，且用事上雖緊扣七夕，格調上卻能以飄逸超曠，取代纏綿俳惻之風，使人讀來，深感詞人逸懷浩氣，超乎塵垢之外。〔註2〕

其用「飄逸超曠」來概括此詞的基本格調，並強調詞人所展現的「逸懷浩氣，超乎塵垢之外」的意象，即已證明這首詞「剛柔兼具」的主調。

◎〈虞美人〉熙寧七年，1074

> 湖山信是東南美，一望彌千里。使君能得幾回來？便使樽前醉倒更徘徊。沙河塘裡燈初上，水調誰家唱？夜闌風靜欲歸時，惟有一江明月碧琉璃。

結構分析表：

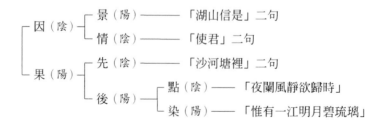

因（陰）─┬─景（陽）────「湖山信是」二句
　　　　└─情（陰）────「使君」二句

果（陽）─┬─先（陰）────「沙河塘裡」二句
　　　　└─後（陽）─┬─點（陰）──「夜闌風靜欲歸時」
　　　　　　　　　　└─染（陽）──「惟有一江明月碧琉璃」

───────────────

〔註2〕見《唐宋詞鑑賞集成・劉乃昌評》，頁776。

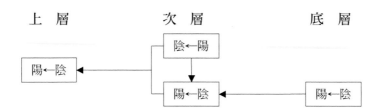

說　明：

　　這是蘇軾通判杭州時，爲陳述古餞行所作。詞的上片從大處描寫湖山景致，營造了一個開闊宏遠的意境。其後抒發惜別之情，盼能與使君置酒高會，「尊前醉倒」。下片描寫宴飲時的夜景，作者點明「夜闌風靜」的沙河塘上，並藉由〈水調〉悲歌與江上明月渲染出淒清闊遠的風致。結構表底層的「點（陰）→ 染（陽）」結構產生了陽剛之氣；次層「景（陽）→ 情（陰）」結構所形成的陰柔之勢漸強，而「先（陰）→ 後（陽）」結構的陽剛之勢又將其拉回；上層的「因（陰）→ 果（陽）」結構所形成的陽剛之勢主導全篇的律動，但是整體而言剛柔的力度相差不多。周義敢分析此詞云：

> 官場餞行，即席賦詩詞，或贊行人之顯貴，或想像道途風光，常常因陳襲舊，僅是應酬而已。而蘇軾此首以眞情出之，寫得深沈委婉，眞實誠摯。……通篇八句，有六句直接寫景，景物有動有靜，有雄放有清麗，做到了動靜相生，剛柔相濟。〔註3〕

就作品中寫景部分而言，作者所營造的是一種清遠宏闊的景致，此固然「有雄放有清麗」，只是「雄放」的氣勢較多，而「清麗」的風致較少，然而其言「動靜相生，剛柔相濟」仍然點出了此篇風格「剛柔相濟」的特色。

◎〈江城子〉乙卯正月二十記夜夢　熙寧八年，1075

　　十年生死兩茫茫。不思量，自難忘。千里孤墳，無處話淒涼。
　　縱使相逢應不識，塵滿面，鬢如霜。夜來幽夢忽還鄉。小軒

〔註3〕見《唐宋詞鑑賞集成・周義敢評》，頁833。

窗，正梳妝。相顧無言，唯有淚千行。料得年年腸斷處，明
月夜，短松岡。

結構分析表：

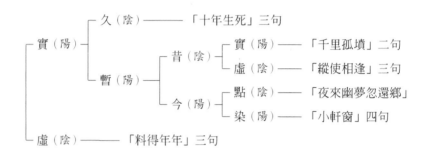

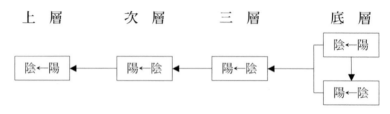

說　明：

這首詞是蘇軾爲追念其亡妻王弗逝世十年的作品。起筆三句敘
述自己十年來不曾忘懷對亡妻的思念；其後追憶過去祭拜孤墳的景
象，「千里孤墳，無處話淒涼」寫得極爲沈痛，而「縱使相逢應不識」
三句又藉由假設之語表達對愛妻的懷念，其悲痛又加深一層；下片
轉回當下夢境的描寫，其「相顧無言，唯有淚千行」傳達了陰陽兩
隔、無處敘情的淒涼之感；結尾三句以料想未來作結，其描寫「明
月夜，短松岡」，帶出淒清幽獨的情境，也表達作者綿綿無絕的傷逝
之情。結構表共分四層，底層爲「實（陽）→ 虛（陰）」結構與「點
（陰）→ 染（陽）」結構，在一逆向、一順向的移位作用之中，形
成趨於陰柔的力量；三層爲「昔（陰）→ 今（陽）」結構，是順向
的移位，其勢趨於陽剛；次層爲「久（陰）→ 暫（陽）」結構，亦
爲順向移位，其勢又趨於陽剛；上層爲「實（陽）→ 虛（陰）」結

構，是趨於陰柔之勢的逆向移位。從整體結構表觀之，上層與底層呈現趨於陰柔的力量，此一陰柔之勢，又因爲次層與三層的陽剛之勢，使其陰柔的力度減弱，全篇陰柔的力量雖然仍大於陽剛的力量，兩者卻相差不遠，故可視爲「剛柔相濟」的風格形式。王更生論此詞風格提到：

> 作者以長短不同的句式，抑揚頓挫的音節，充分表達了悲痛的感情。他以白描的手法，樸實的語言，創造出纏綿悱惻，濃摯悲涼的意境，在當時流行的淺斟低唱的詞風中，確實是別樹一幟。〔註4〕

其筆法是樸實白描的，其情感卻是纏綿悱惻，就是在陽剛的內在條理中透露出陰柔的風致，從整體觀之，則呈現了「剛柔互濟」的特色，確實有別於一般悼亡詞的哀怨淒絕。

◎〈望江南〉超然臺作　　熙寧九年，1076

春未老，風細柳斜斜。試上超然臺上看，半壕春水一城花。煙雨暗千家。寒食後，酒醒卻咨嗟。休對故人思故國，且將新火試新茶。詩酒趁年華。

結構分析表：

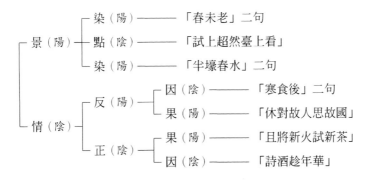

〔註4〕見王更生《蘇軾散文研讀・蘇軾生平事蹟》（臺北：文史哲出版社，2001年2月初版），頁29。

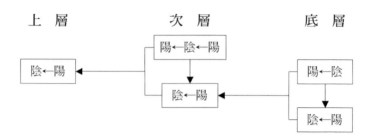

說　明：

　　這首詞作於蘇軾任密州知州之時，其內容在抒發登超然臺的所見所感。詞的上片寫景，其點出登超然臺的時空背景，再鋪敘其所見之春水、春花，寫來春意盎然；下片抒情，首先抒發面對清明寒食的負面情緒，由眼前之景引發「酒醒咨嗟」、「思念故國」之嘆，其後情緒轉而開朗，「詩酒趁年華」展現了忘卻塵俗的超然心境。結構表的底層爲順向的「因（陰）→ 果（陽）」結構與逆向的「果（陽）→ 因（陰）」結構，在一順、一逆的移位作用之下，凸顯出陰柔的力量；次層的「染（陽）→ 點（陰）→ 染（陽）」結構爲趨於陽剛之勢的轉位，而「反（陽）→ 正（陰）」結構是逆向移位，其勢趨於陰柔，相較於兩者的勢力，其陽剛的力度明顯多於陰柔的力度；上層的「景（陽）→ 情（陰）」結構是逆向移位，其勢又趨於陰柔。整體而言，上層爲核心結構，其結合底層的律動，本形成陰柔的力量，但是次層陽剛的力度仍大，減弱了部分的陰柔之勢，形成了幾近於「剛柔相濟」的風格。施議對評論此詞的意象與特色提到：

　　　　全詞所寫，緊緊圍繞著「超然」二字，至此，即進入了「超然」的最高境界。這一境界，便是蘇軾在密州時期心境與詞境的具體體現。……這首詞從「春未老」說起，既是針對時令，謂春風、春柳、春水、春花尚未老去，仍然充滿春意，生機蓬勃，同時也是針對自己老大無成而發的，所謂春未老而人空老，可見心裡是不自在的。從這個意義上看，蘇東坡實際上並不真能「超然」。這種似是非是

的境界，正是東坡精神世界的眞實體現。〔註5〕

這首詞包含了蘇軾的兩種心境：有思念故國、感嘆身世的悲抑，也有忘卻紅塵、超然物外的曠達。兩種心境其實各營造了不同的藝術特色，就風格而言，悲抑之情偏於陰柔，而曠達之氣偏於陽剛，可見這首詞在風格上確實呈現「剛柔相濟」的形式。

◎〈洞仙歌〉熙寧十年，1077

　　江南臘盡，早梅花開後。分付新春與垂柳。細腰肢、自有入格風流。仍更是、骨體清英雅秀。永豐方那畔，盡日無人，誰見金絲弄晴晝？斷腸是飛絮時，綠葉成陰，無箇事、一成消瘦。又莫是東風逐君來，便吹散眉間，一點春皺。

結構分析表：

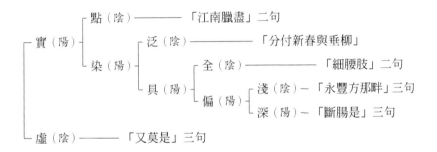

說　明：

　　這首詞的寫作年代不詳，其內容大致以「詠柳」爲主。詞的上片描寫楊柳的風流標格，起筆二句先點明時空，其後再具體描寫楊柳如少女般的姿態，並用「清英雅秀」來稱頌其獨特的風韻；下片

〔註5〕見《唐宋詞鑑賞集成‧施議對評》，頁777。

則偏重於楊柳的遭遇描寫，其「斷腸飛絮」、「綠葉成陰」，將柳樹淒苦的身世表現的淋漓盡致，「一成消瘦」更將此身世遭遇極於顛峰；結尾三句轉入虛寫，表面上期待東風吹拂，使柳展眉，實則前景茫然，語調充滿悲淒。結構表的底層爲「淺（陰）→ 深（陽）」結構，四層爲「全（陰）→ 偏（陽）」結構，三層爲「泛（陰）→ 具（陽）」結構，次層爲「點（陰）→ 染（陽）」結構，四者皆爲順向移位，其勢皆趨於陽剛；而上層爲「實（陽）→ 虛（陰）」結構，是逆向移位，其勢趨於陰柔。在章法風格的理論上，在相同的條件下，逆向移位所形成的陰柔之勢本來就大於順向移位的陽剛之勢，再加上此篇有五層結構，欲趨於上層其力度愈大，故居於上層的逆向移位當然呈現最強的陰柔之勢，其力度足以中和前面四層所產生的陽剛的力量，使全篇風格趨近於「剛柔相濟」的形式。劉乃昌論此詞風格提到：

> 就風格而論，此詞纏綿幽怨，嫻雅婉麗，曲盡垂柳風神，天然秀美處有似次韻章質夫的〈楊花詞〉，而又別句一段傾城之姿。可以說，這是東坡婉約詞的又一佳篇。〔註6〕

從意象營造來說，這首詞確實充滿了「纏綿幽怨」、「嫻雅婉麗」的特色，我們試從章法風格的角度，看出實寫部分的筆調清圓流暢，可梳理出作品的陽剛之氣，其兼具剛柔風致並非毫無道理可尋。

◎〈永遇樂〉夜宿燕子樓，夢盼盼，因作此詞　　元豐元年，1078

明月如霜，好風如水，清景無限。曲港跳魚，圓荷瀉露，寂寞無人見。　如三鼓，鏗然一葉，黯黯夢雲驚斷。夜茫茫，重尋無處，覺來小園行遍。天涯倦客，山中歸路，望斷故園心眼。燕子樓空，佳人何在，空鎖樓中燕。古今如夢，何曾夢覺，但有舊歡新怨。異時對、黃樓夜景，爲余浩歎。

〔註 6〕 見《唐宋詞鑑賞集成‧劉乃昌評》，頁 787。

結構分析表：

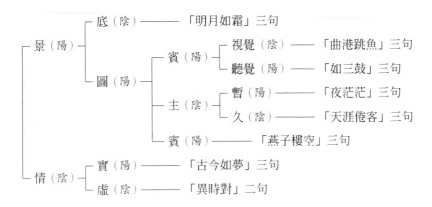

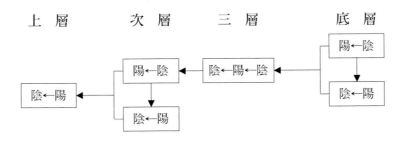

說　明：

　　此詞作於神宗元豐元年，時蘇軾正從密州知州改知徐州，此乃藉「夜宿燕子樓，夢盼盼」來抒發對宇宙人生的思考與感嘆。起筆鋪寫燕子樓的清景，其後透過「曲港跳魚，圓荷瀉露」、「三鼓鏗然」以及「燕子樓空」之致，襯托「天涯倦客」、「望斷故園」的孤寂與惆悵；收拍以抒情作結，有實寫「古今如夢」的慨嘆，也有虛寫「未來亦如今日之浩嘆」的哲思。結構表共分四層，底層有順向的「視覺（陰）→ 聽覺（陽）」結構，其勢趨於陽剛，以及逆向的「暫（陽）→ 久（陰）」結構，其勢趨於陰柔，在一順、一逆之下，仍凸顯了陰柔的力量；三層的「賓（陽）→ 主（陰）→ 賓（陽）」爲趨於陽剛之勢的轉位，此陽剛之勢頗爲強烈；次層有「底（陰）→ 圖（陽）」結構，

爲順向移位，以及「實（陽）→ 虛（陰）」結構，爲逆向移位，在一順、一逆的移位之間，又凸顯了陰柔的力量；上層的「景（陽）→ 情（陰）」結構，是逆向移位，其勢亦趨於陰柔。整體而言，結構表的底層、次層與上層，其陰柔之勢較爲凸顯，且上層爲核心結構，其陰柔之勢應爲主導全篇的主要力量，但是三層的「賓→主→賓」轉位所形成強大的陽剛之勢，卻又將整體的陰柔之勢拉回，使全篇仍趨近於「剛柔相濟」的態勢。吳惠娟評此詞云：

> 夢斷盼盼之情黯黯，望斷故園之情惘惘，詞人悟得古今同夢，便情爲理化，從情之纏礙中獲得解脫，變得超曠放達，喜怒哀樂乃至榮辱毀譽，全然無意留存於心間，見出格高韻勝。故此詞雖和婉淡麗而不失其高曠清雄，議論灑脫而不流於枯燥寡味。〔註7〕

其言「和婉淡麗而不失其高曠清雄，議論灑脫而不流於枯燥寡味」，正是此詞「剛柔相濟」之風格的具體寫照，也印證了章法風格所分析的內在律動。

◎〈浣溪沙〉徐州石潭謝雨道上作五首之一　　元豐元年，1078

照日深紅暖見魚，連溪暗綠晚藏烏。黃童白叟聚睢盱。麋鹿逢人雖未慣，猿猱聞鼓不須呼。歸家說與採桑姑。

結構分析表：

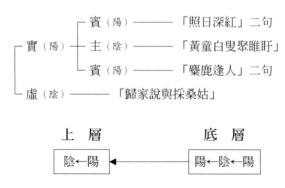

〔註7〕見《唐宋詞鑑賞集成·吳惠娟評》，頁824。

說　明：

這首〈浣溪沙〉是蘇軾知徐州時，往石潭謝雨，途經農村所記下的觀感。詞計五首，此爲首篇。此詞記載石潭的村野風光，並描寫了聚觀謝雨儀式民眾的歡樂景況。作者藉由自然景物來襯托「黃童」、「白叟」的歡樂，使整首詞充滿著歡樂悅動的氣氛，末句以虛設之筆帶出村民歸家的情緒。周嘯天在分析這首詞的筆法提到：

> 詞中始終沒有正面寫謝雨之事，只從鼓聲間接透露了一點消息。卻寫到日、村、潭、樹等自然景物，魚、鳥、猿、鹿等各類動物，黃童、白叟、採桑姑等各色人物及其活動，織成一幅有聲有色的圖畫。……前五句是實寫，末一句是虛寫，實寫易板滯，以虛相救，始覺詞意玩味不盡。〔註8〕

是以全詞結構以「先實後虛」爲核心，以「賓→主→賓」爲輔助，底層「陽→陰→陽」的轉位所形成的陽剛之勢非常強烈，而核心結構以「陽→陰」的逆向移位所形成的陰柔力度雖大，其力度仍小於底層的陽剛之勢，然其主導全篇的風格趨向，基本上仍使整首作品趨近於「剛柔互濟」的形式。

◎〈浣溪沙〉徐州石潭謝雨道上作五首之四　　元豐元年，1078

（之四）簌簌衣巾落棗花，村南村北響繰車，牛依古柳賣黃瓜。

酒困路長惟欲睡，日高人渴謾思茶。敲門試問野人家。

結構分析表：

〔註8〕見《唐宋詞鑑賞集成・周嘯天評》，頁857。

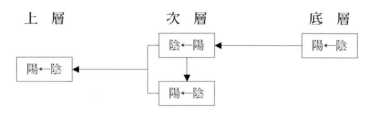

說　明：

　　蘇軾任徐州知州時因祈雨、謝雨所作的五首〈浣溪沙〉，此爲第四首。全詞以時間先後爲主軸，上片透過視覺與聽覺的客觀摹寫，展現作者所見所聞的農村風光；下片則將自己融入農村之中，以「酒困」、「途長」之之煩勞，帶出叩門乞漿之況，寫來生動而饒富情意。結構表共分三層，其底層的「近（陰）→ 遠（陽）」結構，是順向移位，其勢趨於陽剛；次層有「聽覺（陽）→ 視覺（陰）」結構與「因（陰）→ 果（陽）」結構，在一順、一逆的移位作用之下，凸顯了陰柔的力量；上層爲「先（陰）→ 後（陽）」結構，其順向移位又凸顯了陽剛的力量。整體而言，上層與底層皆呈現陽剛之勢較強的態勢，而次層的兩疊結構所凸顯的陰柔之勢，其力度略大於底層，而略小於上層，雖然消弱了陽剛的力量，但整體結構表所呈現的仍是陽剛多於陰柔的態勢，只是相差不多，故全篇風格仍歸於「剛柔相濟」的形式。周汝昌評此詞云：

> 常說天風海雨，一洗綺羅香澤之習，足令誦者胸次振爽，爲之軒朗寥廓——此猶是不尋常之爲奇者也。若坡公此等詞，則唯以最尋常最普通最不「值得」入詠的景物風光之爲詞，此眞奇外之奇。〔註9〕

作者以最尋常之農村景況，表達爲農民憂喜之情，亦充分展現「平淡自然」之風致；而所謂「軒朗寥廓」則又是此詞的另一種風格，故這首詞呈現「剛柔相濟」之特色，確實「一洗綺羅香澤之習」，有異於一般農村詞的表現方式。

〔註9〕見《唐宋詞鑑賞集成・周汝昌評》，頁859。

◎〈水調歌頭〉元豐三年，1080

　　昵昵兒女語，燈火夜微明。恩冤爾汝來去，彈指淚和聲。忽
　　變軒昂勇士，一鼓塡然作氣，千里不留行。回首暮雲遠，飛
　　絮攪青冥。眾禽裡，眞彩鳳，獨不鳴。躋攀分寸千險，一落
　　百尋輕。煩子指間風雨，置我腸中冰炭，起坐不能平。推手
　　從歸去，無淚與君傾。

結構分析表：

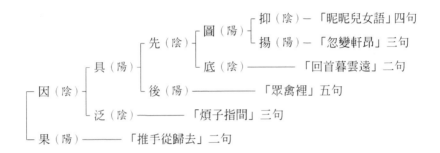

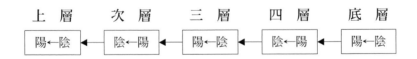

說　明：

　　這首詞是蘇軾隱括韓愈之〈聽穎師彈琴〉詩所作。全篇透過具體
空間形象的描述，來鋪敘琴聲，章法上亦以層層遞進的方式，從種種
個別之意象，擴大到整體的音樂感受，那種抑揚頓挫、起伏多變的樂
音，讓人有「起坐不能平」的深刻感受，無怪乎聽者淚濕衣襟，至最
後已「無淚與君傾」了。結構表共分五層。底層爲順向移位之「抑（陰）
→ 揚（陽）」結構，其勢趨於陽剛，且以「抑揚」章法之對比質性，
使這陽剛之勢更爲增強；四層爲逆向移位之「圖（陽）→ 底（陰）」
結構，其勢趨於陰柔；三層爲順向移位之「先（陰）→ 後（陽）」結
構，其勢又趨於陽剛；次層又爲逆向移位之「具（陽）→ 泛（陰）」

結構，其勢再趨於陰柔；上層爲順向移位之「因（陰）→果（陽）」
結構，其勢趨於陽剛。綜觀全篇之陰陽進絀，上層、三層與底層皆呈
現陽剛之勢，本爲全篇風格之主調，然而次層與四層所呈現的陰柔之
勢頗強，遂拉回陽剛的力量，使全篇風格趨於「剛柔相濟」的態勢。
劉乃昌評述此詞的筆法與意象提到：

> 詞人巧於取譬，他運用男女談情說愛、勇士大呼猛進、
> 飄蕩的晚雲飛絮、百鳥和鳴、攀高步險等自然和生活現象，
> 極力摹寫音聲節奏的抑揚起伏和變化，藉以傳達樂曲的感
> 情色調和內容。這一系列含豐富的比喻，變抽象爲具體，
> 把訴諸聽覺的音節組合，轉化爲訴諸視覺的生動形象，這
> 就不難喚起一種類比的聯想，從而產生動人心弦的感染
> 力。〔註10〕

在章法結構上，我們看到陰陽不斷地交錯遞進，此內在律動恰與此詞
所呈現之「抑揚起伏和變化」的特色相符，可見此篇趨於「剛柔相濟」
之風是有理可說的。

◎〈定風波〉三月七日沙湖道中遇雨。雨具先去，同行皆狼狽，
　余獨不覺。已乃遂晴，故作此詞　　元豐五年，1082

　　莫聽穿林打葉聲，何妨吟嘯且徐行。竹杖芒鞋輕勝馬，誰怕？
　　一蓑煙雨任平生。料峭春風吹酒醒，微冷，山頭斜照卻相迎。
　　回首向來蕭瑟處，歸去，也無風雨也無晴。

結構分析表：

```
        ┌ 先（陰）┬ 敘事（陽）── 「莫聽穿林」二句
        │         └ 抒情（陰）── 「竹杖芒鞋」二句
        │
        └ 後（陽）┬ 底（陰）── 「料峭春風」三句
                  └ 圖（陽）── 「回首向來」三句
```

〔註10〕見《唐宋詞鑑賞集成·劉乃昌評》，頁 720。

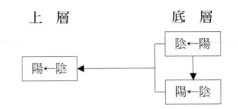

說　明：

　　此詞作於神宗元豐五年，時蘇軾至黃州已屆三年。其內容乃抒發遇雨而有感的人生哲理。全詞以時間先後為主軸，上片起筆敘述自己「吟笑」、「徐行」於穿林打葉的雨聲之中，其後抒發在雨中輕鬆自在、一任平生的襟懷；下片起筆描寫雨後初情之景，在「料峭春風」、「微冷山頭」之間，作者以「也無風雨也無晴」傳了「不憂晴喜」的瀟灑自在。結構表僅分兩層，底層的「敘事（陽）→ 抒情（陰）」結構是逆向移位，其勢趨於陰柔，而「底（陰）→ 圖（陽）」結構之順向移位，其勢趨於陽剛，其陰柔的力度仍略大於陽剛之勢；上層為「先（陰）→ 後（陽）」結構，其順向移位又凸顯了陽剛的力量。比較兩層的陰陽勢力，底層的逆向移位出現力度較大的陰柔之勢，但是同一層的順向移位所產生的陽剛之勢，結合上層所呈現的陽剛，其力度仍略多於陰柔之勢，只是陽剛與陰柔的力量相差不多，整體而言，全篇仍是「剛柔相濟」的風格形式。鄭文焯云：

　　　　此足徵是翁坦蕩之懷，任天而動，琢句亦瘦逸，能道
　　眼前景，以曲筆直寫胸臆，倚聲能事盡之矣。〔註11〕

所謂「坦蕩之懷」應是全詞情意之主調所展現的是豪放陽剛的情調，而筆法上「以曲筆直寫胸臆」，則又略現陰柔之致，正如陳長明所言：「簡樸中見深意、尋常處生波瀾」〔註12〕，可作為此詞「剛中寓柔」之風格的具體詮釋。

〔註11〕見鄭文焯《大鶴山人詞話》。收錄於曾棗莊《蘇詞彙評》（成都：四川文藝出版社，2001 年 1 月初版），頁 89。
〔註12〕見《唐宋詞鑑賞集成・陳長明評》，頁 754。

◎〈西江月〉元豐五年，1082

照野彌彌淺浪，橫空隱隱層霄。障泥未解玉驄驕，我欲醉眠芳草。可惜一溪風月，莫叫踏破瓊瑤。解鞍攲枕綠楊橋，杜宇一聲春曉。

結構分析表：

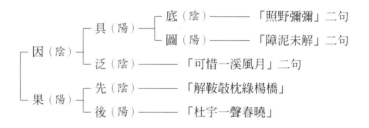

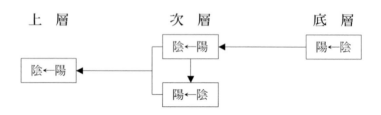

說　明：

　　此詞作於蘇軾貶黃州之時，是一首歌詠山水的小詞。上片描寫作者歸途所見，起筆描寫「照野」、「橫空」，帶出遼闊之感，其後在此背景之中，著眼描述自己「醉眠芳草」的心境；下片起筆以「一溪風月」概括上述景致，在此幽美、靜謐的景色之中，興起「解鞍攲枕綠楊橋」的興致，結句透過「杜宇一聲春曉」，不僅拉長了時空，更營造出清新明麗的意境。結構表共分三層，底層爲「底（陰）→ 圖（陽）」結構，其順向移位形成**趨於陽剛**的力量；次層是「具（陽）→ 泛（陰）」結構與「先（陰）→ 後（陽）」結構，其一逆向、一順向的移位作用，凸顯了**趨於陰柔**的力量；上層爲「因（陰）→ 果（陽）」結構，其逆向移位又形成**趨於陽剛**的力量。綜觀整體結構表的陰陽進絀，上層的

核心結構，結合底層的陽剛之勢，本應為全篇的風格主調，但是次層所形成的陰柔的力量又拉回部分的陽剛之勢，使整首詞的風格趨近於「剛柔相濟」的形式。陳廷焯以為：

　　〈西江月〉一調，易入俚俗，稍不檢點，則流於曲矣。此偏寫得灑落有致。〔註13〕

宋廓評此詞亦云：

　　蘇軾在這首小詞裡，反映他在黃州的曠放生活，表達了他樂觀而豁達的胸襟。寫景之中，處處有「我」，「我」之情懷，即在景中。天上的月、雲層，地上的溪流、芳草，乃至玉驄的驕姿，杜鵑的啼聲，無不成為塑造「我」的典型性格的憑藉。不論是醉還是醒，是月夜還是春晨，都能「無入而不自得」，隨遇而成趣，逐步展示詩的意境。〔註14〕

從意象營造來說，此詞所展現的「清新明麗」的特色，實具陰柔之風致，而學者所評「灑落有致」、「樂觀而豁達的胸襟」則強調此詞所展現的豪放陽剛之氣，可見此詞的風格應是剛柔兼備的，此正與章法風格所分析的內在條理不謀而合。

◎〈洞仙歌〉元豐五年，1082

　　冰肌玉骨，自清涼無汗。水殿風來暗香滿。繡簾開，一點明月窺人，人未寢，攲枕釵橫鬢亂。起來攜素手，庭戶無聲，時見疏星渡河漢。試問夜如何？夜已三更，金波淡，玉繩低轉。細屈指、西風幾時來？又不道、流年暗中偷換。

〔註13〕見陳廷焯《詞則・放歌集》，卷一。收錄於曾棗莊《蘇辛詞選》(臺北：三民書局，2000 年 11 月初版)，頁 74。
〔註14〕見《唐宋詞鑑賞集成・宋廓評》，頁 741-742。

結構分析表：

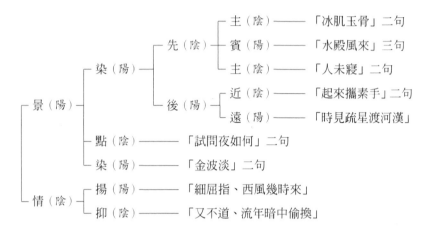

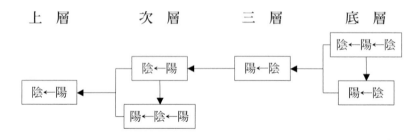

說　明：

　　這首詞是蘇軾根據童年所憶，爲描寫蜀主孟昶與花蕊夫人生活的作品。起筆描寫美人在盛夏之夜的生活，透過「水殿風來」、「明月窺人」的襯托，展現美人「冰肌玉骨」、「敧枕釵橫鬢亂」的慵懶神態；下片起筆敘述美人起身之況，並以「疏星河漢」之遠景，塑造一片幽渺空闊之感；「試問夜如何？夜已三更」點明了此景此物的時空，其下又以「金波淡，玉繩低轉」渲染出夜闌人靜、星斗低垂的清幽景致；收拍則以抒情結尾，既有期待秋風消暑之情，又有「流年暗中偷換」的擔憂，融出一種悲歡交織、抑揚錯雜的情緒。結構表的底層有「主（陰）→ 賓（陽）→ 主（陰）」結構，其轉位的作用，凸顯了陰柔

的力量，而「近（陰）→ 遠（陽）」結構是順向移位，其勢則趨於陽剛，此層轉位作用所形成的陰柔之勢乃大於順向移位所產生的陽剛之勢；三層是「先（陰）→ 後（陽）」結構，其順向移位形成趨於陽剛的力量；次層的「染（陽）→ 點（陰）→ 染（陽）」結構，其轉位作用形成趨於陽剛的力量，此轉位結構已接近核心結構，故其陽剛之勢更爲強大，而「揚（陽）→ 抑（陰）」結構，是逆向移位，形成趨於陰柔的力量，由於「抑揚」章法的對比質性，又增強了此陰柔的力量，比較此層兩個結構所呈現的力量，其轉位作用所形成的陽剛之勢仍略強於逆向移位所形成的陰柔之勢；上層爲「景（陽）→ 情（陰）」結構，其逆向移位形成了趨於陰柔的力量。綜觀整體結構表的陰陽進絀，上層的「景（陽）→ 情（陰）」是核心結構，其結合底層的陰柔之勢，本應成爲全篇風格的主調，但是次層與三層所產生的陽剛的力量非常強大，以致拉回部分的陰柔之力度，使全篇陰柔與陽剛的力量非常接近，形成了「剛柔相濟」的風格形式。李日華《味水軒日記》評云：

> 此詞首語「冰肌玉骨，自清涼無汗」，舊傳蜀花蕊夫人
> 句，後皆坡翁續成之。豪華婉逸，如出一手，亦公自所得
> 意者。染翰灑灑，想見其軒渠滿志也。〔註15〕

其所謂「豪華婉逸」之風、「軒渠滿志」之情，皆鎔鑄剛柔之氣，與章法風格所分析的內在律動一致。

◎〈滿庭芳〉元豐六年，1083

三十三年，今誰存者，算只君與長江。凜然蒼檜，霜幹苦難雙。聞道司州古縣，雲溪上、竹塢松窗。江南岸，不因送子，寧肯過吾邦？棩棩。疏雨過，風林舞破，煙蓋雲幢。願持此邀君，一飲空缸。居士先生老矣，眞夢裡、相對殘釭。歌舞斷，行人未起，船鼓已逢逢。

〔註15〕見李日華《味水軒日記》。收錄於曾棗莊《蘇詞彙評》，頁143。

結構分析表：

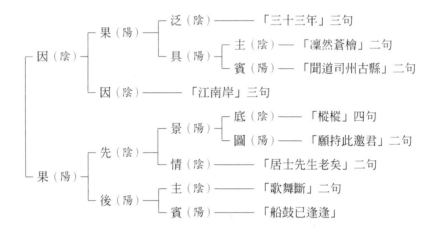

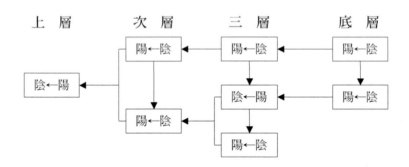

說　明：

　　蘇軾在黃州，因陳慥（季常）造訪，偶遇王長官者，因作此詞。全詞充滿對王長官的傾慕讚頌之情。上片起筆以「凜然蒼檜」譬喻先生之風節，又透過「雲溪」、「竹塢」、「松窗」之景，襯托出一個歷經滄桑、令人神往的高士形象；「江南岸」三句，點出偶遇先生之因，下片則轉而敘述三人會飲之景況，在「槭槭疏雨」之中，三人一飲空缸，表現酣興淋漓之感與相契之情；收拍轉入送別之場景，其「行人未起，船鼓已逢逢」的景象，不僅表達了相見恨晚之嘆，也夾雜著悵然若失之感。結構表共分四層，底層有「主（陰）→ 賓（陽）」結構

與「底（陰）→ 圖（陽）」結構，兩者皆爲順向移位，其勢則趨於陽
剛；三層有「泛（陰）→ 具（陽）」結構、「景（陽）→ 情（陰）」
結構與「主（陰）→ 賓（陽）」結構，三者呈現兩順向、一逆向的移
位作用，使這一層的陰陽趨近於平衡；次層爲「果（陽）→ 因（陰）」
結構與「先（陰）→ 後（陽）」結構，兩者呈現一逆向、一順向的移
位，凸顯趨於陰柔的力量；上層爲「因（陰）→ 果（陽）」結構，其
順向移位形成趨於陽剛的力量。整體而言，上層爲核心結構，其結合
底層的陽剛之勢應爲全篇風格的主調，然而次層所凸顯的陰柔之勢又
將其拉回中和，再加上三層本已呈現陰陽平衡的狀態，故全篇風格應
屬於「剛柔相濟」的形式。鄭文綽云：

> 健句入詞，更奇峰鬱起，此境匪稼軒所能夢到。不事
> 雕琢，字字蒼寒如空巖霜斡，天風吹墮頗黎地上，鏗然作
> 碎玉聲。〔註16〕

此言「健句入詞」、「字字蒼寒」，使全詞展現了陽剛之氣。然此評僅
叩得一端，周嘯天評此詞云：

> 全詞將敘事、寫人、寫景、抒情打成一片，景爲人設。
> 所敘乃會友之快事，所寫乃一方之奇人，所抒乃曠達之情
> 感。與一般的描寫離合之情懷不同。在用筆上較恣肆，往
> 往幾句敘一意，而語具多義，故又耐人咀含。〔註17〕

其抒發之情雖爲「曠達之情」，但所謂「耐人咀含」，指的是此詞所營
造的幽絕意象與相惜嘆惋之情，此則本篇陰柔風致之所在，從章法風
格所分析的內在律動來看，確實印證了此詞「剛柔相濟」的特色。

◎〈八聲甘州〉寄參寥子，時在巽亭　元祐六年，1091

> 有情風、萬里捲潮來，無情送潮歸。問錢塘江上，西興浦口，
> 幾度斜暉。不用思量今古，俯仰昔人非。誰似東坡老，白首
> 忘機。記取西湖西畔，正春山好處，空翠煙霏。算詩人相得，
> 如我與君稀。約他年東還海道，願謝公、雅志莫相違。西州

〔註16〕見鄭文綽《大鶴山人詞話》。收錄於曾棗莊《蘇詞彙評》，頁19。
〔註17〕見《唐宋詞鑑賞集成・周嘯天評》，頁710。

路，不應回首，爲我沾衣。

結構分析表：

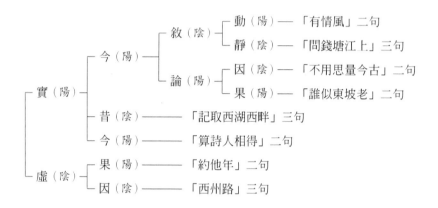

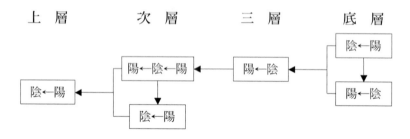

說　明：

此詞約作於哲宗元祐六年（1091），此時蘇軾即將從杭州知州召爲翰林學士，當是離行前三日寄贈於參寥所寫。詞的上片實寫杭州景物，敘事中亦夾有議論；下片仍是寫景，而所記爲他與參寥子昔日在杭州的游賞之事，「算詩人相得」二句又回到當下之景，表達二人相知甚深的友誼；結尾數句虛寫未來，以謝安、羊曇的典故，表達自己超然物外、寄情山水的心願。結構表以「實→虛」結構爲核心，而「今→昔→今」的結構對於整首詞的風格走向影響亦深。底層的「動→靜」結構是「陽→陰」的逆向移位，其形成陰柔的力度大於「因（陰）→ 果（陽）」結構所形成的陽剛之勢；三層的「敘

（陰）→ 論（陽）」同樣形成了陽剛之氣；次層的「今（陽）→ 昔（陰）→ 今（陽）」結構所形成的陽剛之勢極強，其趨於陽剛的力度除了大於「果（陽）→ 因（陰）」結構所形成的陰柔之勢外，由於居於次層，也間接消弱的上層「實（陽）→ 虛（陰）」結構的陰柔之氣。總匯整體陽剛與陰柔的成分，全篇所呈現的內在律動雖是陽剛多於陰柔，然核心的「實（陽）→ 虛（陰）」結構仍具有決定此篇風格的主導地位。清・陳廷焯所言「寄伊鬱於豪宕，坡老所以為高」〔註18〕，以及鄭文綽所評「突兀雪山，卷地而來，眞似錢塘江上看潮時，添得此老胸中數萬甲兵，是何氣象雄且傑」〔註19〕，皆明白指出這首詞的豪宕之氣。王水照亦云：

> 本篇語言明淨駿快，音調鏗鏘響亮，但反映的心境仍是複雜的：有人生迍邅的抑鬱，有興會高昂的豪宕，更有了悟後的閑逸曠遠。〔註20〕

以上數家所論，皆以詞的形象、情思論其風格，所涉僅限於實寫部分，而篇尾的虛寫所呈現的陰柔之氣，使全篇趨向於「剛柔相濟」的律動。

◎〈**歸朝歡**〉哲宗紹聖元年，1094

> 我夢扁舟浮震澤，雪浪搖空千頃白。覺來滿眼是廬山，倚天無數開青壁。此生長接淅，與君同是江南客。夢中游、覺來清賞，同作飛梭擲。明日西風還挂席，唱我新詞淚沾臆。靈均去後楚山空，灃陽蘭芷無顏色。君才如夢得，武陵更在西南極。《竹枝詞》、莫徭新唱，誰謂古今隔。

〔註18〕 見陳廷焯《白雨齋詞話》，卷八。收錄於收錄於曾棗莊《蘇詞彙評》，頁149。

〔註19〕 見鄭文綽《大鶴山人詞話》。收錄於曾棗莊《蘇詞彙評》，頁149。

〔註20〕 見《唐宋詞鑑賞集成・王水照評》，頁794。

結構分析表：

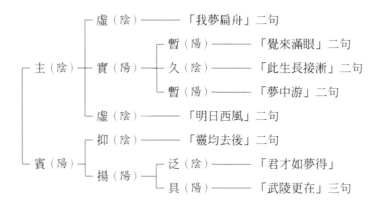

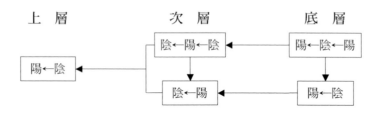

說　明：

　　哲宗紹聖元年，蘇軾因罪而安置惠州，途經九江之時，因遇故友蘇堅，作此詞以贈之。其內容以抒發離情爲主。上片以夢境起筆，描述夢遊太湖之景致；其後「覺來滿眼」二句再轉回現實，描寫眼前廬山之景，帶出幽奇的湖山勝狀；正沈醉於似夢似實的情境當中，作者筆鋒一轉，以「此生長接淅」抒發身世之感，而「夢中游、覺來清賞」二句又敘寫詞人與摯友短暫的清歡；下片起筆虛寫明日揮別情狀，「明日西風」二句，可謂直抒胸臆；收拍藉由屈原的高潔與劉禹錫的詩才，勉勵摯友，表達作者的殷切期望。結構表共分三層，底層有「暫（陽）→ 久（陰）→ 暫（陽）」結構，是趨於陽剛之勢的轉位，而「泛（陰）→ 具（陽）」結構則是趨於陽剛之順向移位，此層明顯呈現了陽剛的

力量；次層為「虛（陰）→ 實（陽）→ 虛（陰）」結構，其勢因轉位作用而趨於陰柔，而「抑（陰）→ 揚（陽）」結構則因順向移位作用，產生趨於陽剛的力量此力量因「抑揚」章法之對比質性而變得較強，也直接消弱了「虛（陰）→ 實（陽）→ 虛（陰）」結構的陰柔之勢；上層為「主（陰）→ 賓（陽）」結構，其順向移位又產生趨於陽剛的力量。整體觀之，底層的轉位所產生的陽剛之勢雖然不足以影響全篇的風格，但結合上層核心結構的陽剛之勢，仍可與次層強大的陰柔之勢抗衡，再加上次層陰柔的力度已被消弱，使全篇的陽剛與陰柔的力度趨於平衡，呈現「剛柔相濟」的形式。周篤文、王玉麟評此詞之風格提到：

> 這首詞橫放而不失空靈，直抒胸臆而又不流於平直，
> 是一篇獨具匠心的佳作。〔註21〕

所謂「橫放而不失空靈，直抒胸臆而又不流於平直」，正包含了「氣象宏闊」與「空靈幽絕」等兩種藝術特色，直是「剛柔相濟」之風格的另一種詮釋。

第二節　姜夔「剛柔相濟」之詞風舉隅

在姜夔詞中所謂「剛柔相濟」的詞風，即指其兼具「清」、「剛」、「疏」、「宕」等風格的作品。本節選取姜詞中具有「剛柔相濟」之特色的詞作十八首，運用章法風格的理論，分析作品結構的陰陽進絀，以印證章法風格的內在律動，可與學者對姜詞風格的評價相互闡發。

◎〈小重山令〉賦譚州紅梅　　孝宗淳熙十三年，1186

人繞湘皋月墜時。斜橫花樹小，浸愁漪。一春幽事有誰知？
東風冷，香遠茜裙歸。鷗去昔游非。遙憐花可可，夢依依。
九疑雲杳斷魂啼。相思血，都沁綠筠枝。

結構分析表：

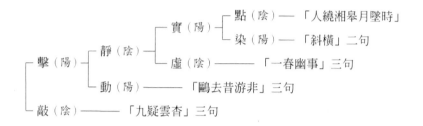

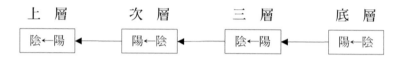

說　明：

　　這是一首詠紅梅的作品。上片從正面描寫梅花的靜態，其中「一春幽事有誰知」三句，虛寫梅花的愁情，更充滿對遠方佳人的懸念；下片起筆從動態描寫，以「鷗鳥飛舞」帶出梅花楚楚可憐的情態；收拍三句，運用九疑山上娥皇、女英哭竹之典故，表面上是側寫竹，實際上在影射紅梅之紅與九疑山上哭竹的斑斑血淚相似，更隱含了深刻的相思之情。結構表共分四層。底層為「點（陰）→ 染（陽）」結構，其順向移位形成趨於陽剛的力量；三層為「實（陽）→ 虛（陰）」結構，其逆向移位產生趨於陰柔的力量，次層為「靜（陰）→ 動（陽）」結構，其順向移位又產生趨於陽剛的力量；上層的「擊（陽）→ 敲（陰）」結構為逆向結構，其勢又趨於陰柔。比較各層的陰陽態勢，上層的核心結構所產生的陰柔之勢最強，結合三層所形成的陰柔之勢，本為此篇風格的主調，但是底層與次層的陽剛之勢又將其力量拉回，雖然全篇陰柔的力度稍大於陽剛的力度，但仍是屬於幾近於「剛柔相濟」的風格。唐葆祥分析此詞的意象提到：

　　　　詞中從詠紅梅入手，但又不黏著於梅，寫梅寫人，即梅
　　　　即人，人梅夾寫，梅竹交映，蘊含深遠，渾然天成，而且放
　　　　得開去，收得回來，達到「野雲孤飛，去留無跡」的妙境。

〔註22〕

從其意象的營造來看，這首詞確實「蘊含深遠」，具陰柔之致；而「渾然天成」、收放自如的筆調，又有陽剛之風；這這兩層特色融出了「剛柔相濟」的詞風，與章法風格所分析的內在律動相合。

◎〈浣溪沙〉淳熙十三年，1186

著酒行行滿袂風。草枯霜鶻落晴空。銷魂都在夕陽中。恨入四弦人欲老，夢尋千驛意難通。當時何似莫匆匆。

結構分析表：

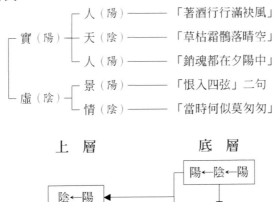

說　明：

這首詞是姜夔懷念合肥女子的作品。詞的上片實寫詞人行走在原野的真實感受，在自然與人的錯雜之中，不僅展現天地之高曠，也傳達了詞人的悵恨之情；下片轉入虛寫，「恨入四弦」二句，描寫夢中情人之景況，結句以抒情收尾，「當時何似莫匆匆」表達了匆匆離別的悵恨。結構的表底層有「人（陽）→ 天（陰）→ 人（陽）」結構，其轉位作用形成極明顯的陽剛之勢，而「景（陽）→ 情（陰）」結構卻為逆向移位，其勢趨於陰柔，此陰柔之勢消弱了轉位作用所形成的

〔註22〕見《唐宋詞鑑賞集成・唐葆祥評》，頁1973。

陽剛之勢；上層為「實（陽）→虛（陰）」結構，其逆向移位又形成
陰柔之勢。比較兩層的陰陽進絀，底層的陽剛之勢已被消弱，而上層
陰柔的力量再一次將陽剛的力量拉回，使結構表的內在律動呈現「剛
柔相濟」的態勢。鄧小軍在分析此詞的筆法時提到：

> 綜觀全幅，序作引發之勢，上片成外向張勢，下片成
> 內向斂勢，雖是小令之作，亦極變化開闔之能事。〔註23〕

所謂「成外向張勢」，展現高曠疏放之感，此即「陽剛」之格調；而
「下片成內向斂勢」，則呈現低抑委婉的情調，此乃陰柔之風。這首
詞充分表現了姜夔詞「清空騷雅」的特色，當然也符合章法風格所分
析之「剛柔相濟」的格調。

◎〈**探春慢**〉淳熙十三年，1186

衰草愁煙，亂鴉送日，風沙迴旋平野。拂雪金鞭，欺寒茸帽，
還記章臺走馬。誰念飄零久，漫贏得幽懷難寫。故人清沔相
逢，小窗閒共情話。長恨離多會少，重訪問竹西，珠淚盈把。
雁磧波平，漁汀人散，老去不堪遊冶。無奈苕溪月，又照我
扁舟東下。甚日歸來，梅花零亂春夜。

結構分析表：

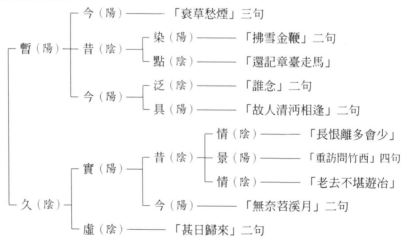

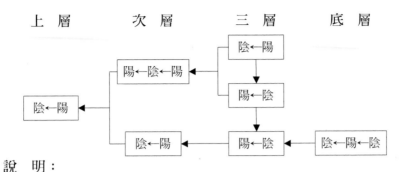

上 層	次 層	三 層	底 層

說　明：

　　這是姜夔在漢陽為敘別朋友所作的一首詞，詞中表達了對朋友的深情眷戀。上片敘寫臨別漢陽時的情景，起筆描寫漢陽的多景，展現量別之際的淒楚之感；其後「拂雪金鞭」三句，敘說往日壯游的生活，筆觸再轉回當下，感嘆自己飄零日久，仍珍惜與漢陽好友促膝談心的情感，「小窗閑共情話」道盡了這種心情；詞的下片將時空宕開，起筆先追憶過去，以「長恨離多會少」抒發離別之苦，以「老去不堪遊冶」感嘆身世飄零，其中又雜以舊地游賞之景，使人深刻感到作者的的悲嘆；結句敘說將來，「甚日歸來，梅花零亂春夜」二句，表達了期盼歸來的殷切。結構表共分四層。底層的「情（陰）→ 景（陽）→ 情（陰）」結構，其轉位作用凸顯了陰柔的力量；三層為「染（陽）→ 點（陰）」、「泛（陰）→ 具（陽）」、「昔（陰）→ 今（陽）」等三個結構，其移位作用恰為一逆向、二順向，形成幾近於陰陽平衡的態勢；次層為「今（陽）→ 昔（陰）→ 今（陽）」結構，其轉位作用形成趨於陽剛的力量，而「實（陽）→ 虛（陰）」結構則為逆向移位，其勢則趨於陰柔，直接消弱了陽剛的力度；上層為「暫→久」結構，其逆向移位又凸顯了陰柔的力量。整體觀之，上層的核心結構所形成的陰柔之勢，結合底層與次層陰柔的力量，本為此篇風格的主調，但是次層「今（陽）→ 昔（陰）→ 今（陽）」結構所形成的陽剛之勢非常強烈，又拉回陰柔之主調，使全篇呈現趨近於「剛柔相濟」的風格形式。何林天評此詞云：

　　　　這首詞的藝術特色，是它的語言的美。這種美的總和，

是構成了一種高遠峭拔的詞境。比如在寫景方面，他用「衰草愁煙」、「亂鴉送日」、「雁磧波平」、「漁汀人散」、「梅花零亂」等等語言，烘托了一個幽寂淒涼的意境。抒情上，他運用了「誰念飄零久」、「幽懷難寫」、「無奈苕溪月，又照我扁舟東下」等語言，以抒發他落寞的胸懷，使人有如泣如訴之感。〔註24〕

其言「高遠峭拔的詞境」，應是上片所營造的風格，而下片則呈現「幽寂淒涼」的意境，兩者並存於作品之中，融出一種「剛柔相濟」的風致，此與章法風格所分析的內在律動是相合的。

◎〈八歸〉淳熙十三年，1186

芳蓮墜粉，疏桐吹綠，庭院暗雨乍歇。無端抱影銷魂處，還見篠牆螢暗，蘚階蛩切。送客重尋西去路，問水面琵琶誰撥？最可惜、一片江山，總付與啼鴂。長恨相從未款，而今何事，又對西風離別？渚寒煙淡，棹移人遠，縹緲行舟如葉。想文君望久，倚竹愁生步羅襪。歸來後，翠尊雙飲，下了珠簾，玲瓏閒看月。

結構分析表：

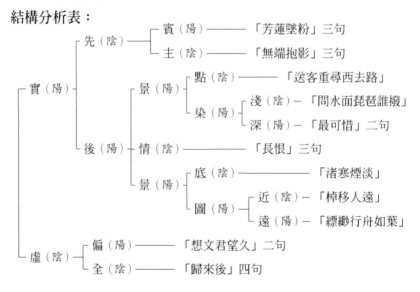

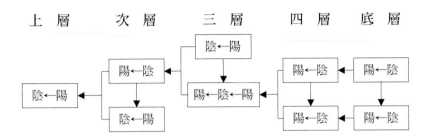

```
　上　層　　　次　層　　　三　層　　　四　層　　底　層

                        ┌─────┐
                        │陰←陽│
                        └─────┘
              ┌─────┐       ↓
              │陽←陰│←─┐ ┌─────────┐  ┌─────┐    ┌─────┐
              └─────┘  └─│陽←陰←陽│←─│陽←陰│←──│陽←陰│
  ┌─────┐       ↓         └─────────┘  └─────┘    └─────┘
  │陰←陽│←─┐ ┌─────┐         ↑            ↓          ↓
  └─────┘  └─│陰←陽│                    ┌─────┐    ┌─────┐
              └─────┘                    │陽←陰│    │陽←陰│
                                          └─────┘    └─────┘
```

說　明：

　　此詞也是姜夔的送別友人之作。起筆描寫「庭院暗雨乍歇」的景色，以「芳蓮」、「疏桐」襯托「螢暗」、「蛩切」，營造一個清幽蕭條的情境；其後再著眼於離別之際的描寫，透過寫景與抒情的交錯，展現出縹緲空闊、離情依依的離別場景；收拍六句虛想別後景況，以「文君望久，倚竹愁生步羅襪」表達友人之妻室的殷切企盼，用「翠尊雙飲，下了珠簾，玲瓏閒看月」呈現友人夫妻團聚之況，寫來哀婉動人。結構表共分五層。底層的「淺（陰）→ 深（陽）」結構與「近（陰）→ 遠（陽）」結構，皆爲順向移位，其勢明顯趨於陽剛；四層的「點（陰）→ 染（陽）」結構與「底（陰）→ 圖（陽）」結構，也都是順向移位，其勢亦趨於陽剛；三層的「賓（陽）→ 主（陰）」結構爲逆向移位，其勢趨於陰柔，而「景（陽）→ 情（陰）→ 景（陽）」結構，爲趨於陽剛之勢的轉位，此陽剛的力度大於「賓（陽）→ 主（陰）」結構的陰柔之勢，使這一層凸顯出陽剛之氣；次層有「先（陰）→ 後（陽）」結構與「偏（陽）→ 全（陰）」結構，其一順向、一逆向的移位作用，使這一層凸顯出陰柔的力量；上層爲「實（陽）→ 虛（陰）」結構，又是趨於陰柔之勢的逆向移位。縱觀整體結構表的陰陽態勢，上層的核心結構所凸顯出來的陰柔之勢，其結合次層與三層的陰柔的力量，本爲此篇風格的主調，但是自底層、四層以及三層所總和的陽剛之勢，其力度不容忽視，足以將原本陰柔的主調拉回中和，使全篇呈現趨近於「剛柔相濟」的風格形式。蔣哲倫論述此詞的筆法時提到：

　　　　這首詞感情眞切而不流於頹喪。陳廷焯《白雨齋詞話》

評論說:「聲情激越,筆力精健,而意味仍是和婉,哀而不傷,眞詞聖也。」細膩而有層次的抒情筆法,配合以移步換形的結構形式,也有助於形成那種激切而又哀婉的藝術風味。〔註25〕

所謂「激切而又哀婉」,正是「剛柔相濟」之風格的具體詮釋,也正符合章法風格所分析的內在律動。

◎〈湘月〉淳熙十三年,1186

五湖舊約,問經年底事,長負清景。暝入西山,漸喚我一葉夷猶乘興。倦網都收,歸禽時度,月上汀洲冷。中流容與,畫撓不點清境。誰解喚起湘靈,煙鬟霧鬢,理哀弦鴻陣。玉麈談玄,嘆坐客、多少風流名勝。暗柳蕭蕭,飛星冉冉,夜久知秋信。鱸魚應好,舊家樂事誰省。

結構分析表:

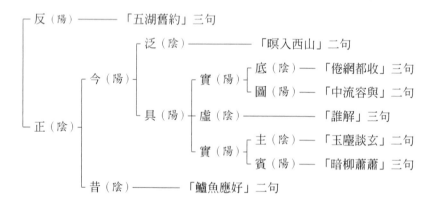

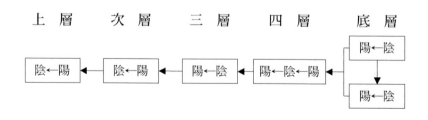

〔註25〕見《唐宋詞鑑賞集成·蔣哲倫評》,頁 2031。

說　明：

　　這首詞是描寫姜夔泛舟湘江的所見所感，詞牌與內容相符，是作者的自度曲。上片三句從反面敘說無法實現游湖之約，以致有「長負清景」的憾恨；其下轉入正面的泛游描寫，先敘寫當下游湖的景況，在淒冷「月上汀洲」的背景中，更顯出小舟在中流隨波漂盪的靜美之感；下片轉入虛寫，想像湘靈彈箏的情景；其下又回到現實，在「暗柳蕭蕭」、「飛星冉冉」的襯托之下，眾人揮動玉麈，展開清談妙論，更顯悠閒空闊之致；結尾二句，追憶「舊家樂事」，其想像鱸魚之美，透露出作者懷舊的情思。。結構表共分五層。底層的「底（陰）→ 圖（陽）」結構與「主（陰）→ 賓（陽）」結構，皆為順向移位，其勢明顯趨於陽剛；四層的「實（陽）→ 虛（陰）→ 實（陽）」結構，其轉位作用形成趨於陽剛的力量；三層的「泛（陰）→ 具（陽）」結構，為順向移位，其勢趨於陽剛；次層的「今（陽）→ 昔（陰）」結構為逆向移位，其勢趨於陰柔；上層的「反（陽）→ 正（陰）」結構也是逆向移位，其勢趨於陰柔，此陰柔之勢因「正反」章法的對比質性而更趨於明顯。整體觀之，上層的核心結構所凸顯的陰柔之勢，結合次層與三層的陰柔的力量，本為此篇風格的主調，但是底層總和的陽剛之勢，與四層因轉位作用所形成明顯的陽剛的力量，其力度消弱了原來的陰柔之勢，使全篇陰柔與陽剛的勢力相差無幾，呈現出幾近於「剛柔相濟」的風格形式。劉乃昌分析此詞：

　　　　全章有畫面，有人物，有實境，有幻境，靜心領略，
　　在在體現出幽遠閒淡的韻致。〔註26〕

朱世英亦云：

　　　　這首詞含蘊深厚，讀後有悠悠不盡之感。〔註27〕

所謂「幽遠閒淡的韻致」，或云「含蘊深厚」，都只是論及此詞片面的

〔註26〕見劉乃昌《姜夔詞新釋集評》（北京：中國書店，2001 年 1 月第 1
　　　　版），頁 15。
〔註27〕見《唐宋詞鑑賞集成・朱世英評》，頁 2056。

「陰柔」風致，從章法上而言，其「由反而正」的對比性結構，正帶出此詞的「陽剛」之氣，雖然這種陽剛的氣勢不強，卻仍是這首詞呈現「剛柔相濟」的重要因素。

◎〈琵琶仙〉淳熙十四年，1187

> 雙槳來時，有人似、舊曲桃根桃葉。歌扇輕約飛花，蛾眉正奇絕。春漸遠，汀洲自綠，更添了、幾聲啼鴂。十里揚州，三生杜牧，前事休說。又還是、宮燭分煙，奈愁裏、匆匆換時節。都把一襟芳思，與空階榆莢。千萬縷、藏鴉細柳，爲玉尊、起舞回雪。想見西出陽關，故人初別。

結構分析表：

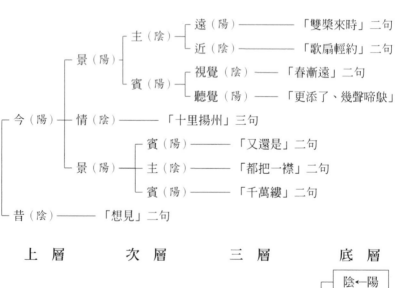

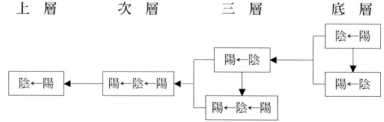

說 明：

　　此為姜夔自度之詞，是作者在吳興載酒春遊時感遇而作。上片以寫景起筆，詞人以視覺與聽覺的摹寫，襯托出遠近錯落的雙槳蘭舟及其舟中麗人的風姿，其後以杜牧自擬，抒發往事不忍訴說之嘆。下片再轉回寫景，詞人運用「宮燭分煙」、「時節更替」、「藏鴉細柳」等景致來烘托一己的「一襟芳思」，在這空虛寂落的景色之中，不由得引起當年「初別」的回想。結構表中，其底層的「遠→近」、「視覺→聽覺」結構，為一逆、一順的移位，帶出陰柔之氣，然居於底層，對於整體風格影響有限；上層的「今→昔」為核心結構，其逆向移位所帶出的陰柔之氣本是全篇風格的主調，但是在次層的「景→情→景」結構與三層的「賓→主→賓」結構，連續出現兩次趨於陽剛的轉位，再加上三層的「主→賓」結構，也形成了陽剛之勢，大大地消弱了核心結構的陰柔之勢，而核心的「今（陽）→ 昔（陰）」結構仍具主導全篇風格的力量，遂使全篇的內在律動呈現「剛柔相濟」的趨向。這種起伏跌宕的章法，容易造成學者對其風格趨向的誤判，如劉乃昌所云：

　　　　全篇由所遇所見到所感所思，即事敘景，思緒回環，
　　運筆空靈，熔化語典事典飄渺無跡，具深宛流美之致。〔註28〕

此所謂「深宛流美之致」，可能是「今→昔」之核心結構所形成的陰柔之風，倒不如陳匪石所云：

　　　　全篇以跌宕之筆寫綿邈之情，往復回環，情文兼至。

更能兼顧全篇所蘊含的剛柔之氣，也較為吻合章法風格之「剛柔相濟」的蘊致。

◎〈點絳唇〉丁未冬過吳松作　　淳熙十四年，1187

　　燕雁無心，太湖西畔隨雲去。數峰清苦。商略黃昏雨。第四橋邊，擬共天隨住。今何許。憑欄懷古。殘柳參差舞。

〔註28〕見劉乃昌《姜夔詞新釋輯評》，頁57。

結構分析表：

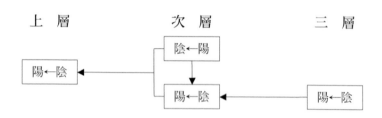

說　明：

　　此詞爲姜夔途經吳松，爲追念晚唐隱逸詩人陸龜蒙而作。詞的
上片描寫吳松之地的周遭景致，寫景由遠而近，營造了一片山雨欲
來、清寂愁苦的背景；在此背景的烘托之下，下片凸顯了詞人憑欄
懷古的形象，「擬共天隨住」表達了悠長的今昔之感，其又運用「殘
柳參差舞」的烘托，使全詞充滿蒼涼悲壯之感。結構表的底層爲「主
（陰）→ 賓（陽）」結構，其順向移位產生趨於陽剛力量；次層有
「遠（陽）→ 近（陰）」結構與「久（陰）→ 暫（陽）」結構，其
一順向、一逆向的移位作用，凸顯了陰柔的力量；上層爲「底（陰）
→ 圖（陽）」結構，其順向移位又凸顯了陽剛的力量。整體而言，
上層的核心結構所凸顯的陽剛之勢本爲此篇風格的主調，而次層的
陰柔之勢又將其拉回，使陽剛的力度與陰柔的力度相差無幾，全篇
呈現幾近於「剛柔相濟」的風格形式。鄧小軍以爲「用舞字結穴，
蒼涼之中，無限悲壯」，可說明此詞的陽剛之氣，其又言：

　　　　此詞藝術造詣，高度體現白石詞「清氣盤空，如野雲
孤飛，去留無跡」之特色。而聲情之配合亦極精妙。上片
首句二字「燕雁」爲疊韻，末句三四字「黃昏」爲雙聲，
下片同位字「第四」又爲疊韻，「參差」又爲雙聲。分毫不
爽，天然合度。雙聲疊韻之復沓，妙用在於爲此一尺幅短
章增添了聲情綿綿無盡之致。〔註29〕

這裡從聲韻的角度切入，所謂「聲情綿綿無盡之致」，則強調了本篇
所具備的陰柔之風，融合前述所言之「蒼涼悲壯」，使此篇的風格趨
於「剛柔相濟」的形式，與章法風格不謀而合。

◎〈淒涼犯〉光宗紹熙二年，1191

　　綠楊巷陌秋風起，邊城一片離索。馬嘶漸遠，人歸甚處，戍
　　樓吹角。情懷正惡，更衰草寒煙淡薄。似當時、將軍部曲，
　　迤邐度沙漠。追念西湖上，小舫攜歌，晚花行樂。舊遊在否？
　　想如今、翠凋紅落。漫寫羊裙，等新雁來時繫著。怕匆匆、
　　不肯寄與誤後約。

結構分析表：

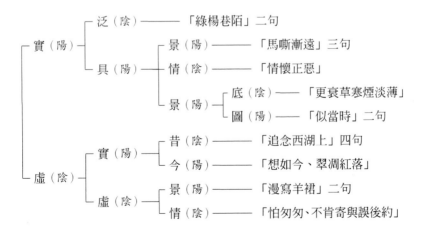

- 實（陽）
  - 泛（陰）——「綠楊巷陌」二句
  - 具（陽）
    - 景（陽）——「馬嘶漸遠」三句
    - 情（陰）——「情懷正惡」
    - 景（陽）
      - 底（陰）——「更衰草寒煙淡薄」
      - 圖（陽）——「似當時」二句
- 虛（陰）
  - 實（陽）
    - 昔（陰）——「追念西湖上」四句
    - 今（陽）——「想如今、翠凋紅落」
  - 虛（陰）
    - 景（陽）——「漫寫羊裙」二句
    - 情（陰）——「怕匆匆、不肯寄與誤後約」

〔註29〕見《唐宋詞鑑賞集成‧鄧小軍評》，頁1984。

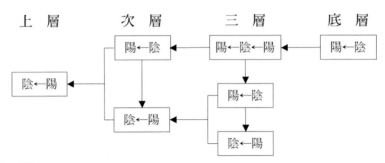

說　明：

　　這首詞是姜夔客居合肥，因眼見邊城兵災、一片殘破的景象，於是有感而發。詞的上片描寫作者躑躅邊城，耳聞目睹一片殘破景象，充分反映出宋室南渡後淮河流域的敗落慘狀；下片追憶往日西湖之游，以今昔對比帶出今非昔比、繁華落盡的感嘆；收拍更企盼未來，「漫寫羊裙，等新雁來時繫著」，表達對友人的牽念，而「怕匆匆、不肯寄與誤後約」，又反映了音訊難憑、約期難再的擔憂，在在顯示了詞人身於離亂時代惴慄不安的情緒。結構表共分四層。底層的「底（陰）→ 圖（陽）」結構爲順向移位，其勢趨於陽剛；三層的「景（陽）→ 情（陰）→ 景（陽）」結構，是產生陽剛之勢的轉位，而「昔（陰）→ 今（陽）」結構與「景（陽）→ 情（陰）」結構，是一順向、一逆向的移位，凸顯了陰柔之勢，但是此陰柔的力度仍小於轉位所產生的陽剛之氣，此層仍凸顯了陽剛的力量；次層爲「泛（陰）→ 具（陽）」結構與「實（陽）→ 虛（陰）」結構，其一順向、一逆向的移位作用又凸顯了陰柔的力量；上層爲「實（陽）→ 虛（陰）」結構，又是逆向移位，其勢又趨於陰柔。綜觀整體結構表的陰陽態勢，上層的核心結構所凸顯的陰柔之勢，結合次層陰柔的力量，本應爲此篇風格的主調，但是三層的「景（陽）→ 情（陰）→ 景（陽）」結構，所產生的陽剛之氣頗爲強大，拉回了部分的陰柔之勢，對於整體風格有一定的影響，遂使全篇呈現趨近於「剛柔相濟」的風格型態。夏承燾、吳

無聞以「含蓄幽怨」〔註30〕來概括此篇風格，其實僅扣得陰柔之一端。
劉乃昌評此詞云：

> 上片實景，下片虛景，以虛襯實，今昔對比，反映了
> 關山蕭索之感，麥秀黍離之思。〔註31〕

從實景所展現的遼闊凄厲的景象，此等蕭索之感，略帶陽剛之氣。故
結合「含蓄幽怨」的黍離之悲，才能呈現全篇的風格。因此，章法風
格所分析之「剛柔相濟」的律動，才是此詞風格之基調。

◎〈**解連環**〉紹熙二年，1191

> 玉鞍重倚。卻沈吟未上，又縈離思。爲大喬能撥春風，小喬
> 妙移箏，雁啼秋水。柳怯雲鬆，更何必、十分梳洗。道郎攜
> 羽扇，那日隔簾，半面曾記。西窗夜涼雨霽。嘆幽歡未足，
> 何事輕棄。問後約、空指薔薇，算如此溪山，甚時重至。水
> 驛燈昏，又見在、曲屏近底。念唯有夜來皓月，照伊自睡。

結構分析表：

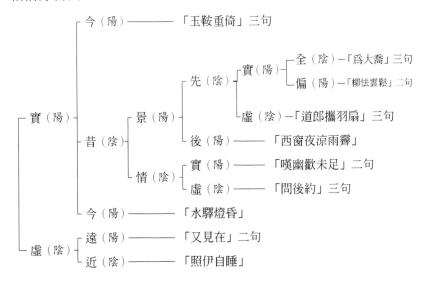

〔註30〕見夏承燾、吳無聞《姜白石詞校注》。收錄於劉乃昌《姜夔詞新釋集
　　　　評》，頁83。
〔註31〕見劉乃昌《姜夔詞新釋集評》，頁83。

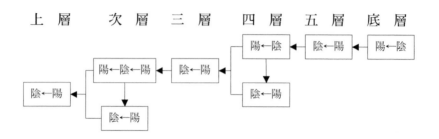

說　明：

　　這是姜夔爲追憶合肥女子所作的離情詞。詞的上片從實筆著眼，起筆三句描寫自己在驛館躊躇猶疑、離愁滿緒的心情；其後轉入追憶，運用先寫景後抒情的筆法，呈現昔日與合肥女子的相聚情景；「水驛燈昏」又宕回今日，在自己躊躇滿志的心境之下，又忽然閃過佳人在曲屏近底的身影，其「夜來皓月，照伊自睡」的描寫，不僅呈現佳人的孤獨，更影射自己的寂寞。結構表共分六層。底層的「全（陰）→ 偏（陽）」結構，爲順向移位，其勢趨於陽剛；五層的「實（陽）→ 虛（陰）」結構爲逆向移位，其勢趨於陰柔；四層有「先（陰）→ 後（陽）」結構與「實（陽）→ 虛（陰）」結構，其一順向、一逆向的移位作用，凸顯了陰柔的力量；三層的「景（陽）→ 情（陰）」結構爲逆向移位，其勢趨於陰柔；次層的「今（陽）→ 昔（陰）→ 今（陽）」，其轉位作用凸顯了強大的陽剛之勢，而「遠（陽）→ 近（陰）」結構之逆向移位，產生趨於陰柔的力量，其力度仍小於此層的陽剛之勢；上層爲「實（陽）→ 虛（陰）」結構，其逆向移位又凸顯了陰柔的力量。整體而言，上層的核心結構所凸顯的陰柔之勢，本應爲此篇風格的主調，但是次層「今（陽）→ 昔（陰）→ 今（陽）」結構的轉位作用所產生的陽剛之勢非常強烈，其陽剛的力度足以拉回陰柔的力量，是全篇呈現趨於「剛柔相濟」的風格形式。劉乃昌評論此詞的筆法與風格提到：

　　　　全篇由旅途中欲行又止，進入追憶臨別前聽曲話歸，
　　再細想窗前嘆惋分離、詢問歸期，方折回驛館燈下閃現舊

境、懸想對方，敘事婉曲，思路回環跌宕，筆鋒細微精當，
洵稱寫男女離情之名篇。〔註32〕

所謂「思路回環跌宕」，應是指其「今昔交錯」的筆法所呈現的意象，
也是此篇展現陽剛之氣的地方；而作者追憶昔日共聚景況，以及設想
佳人孤獨自睡的身影，確實具有「筆鋒細微精當」的特色，此即為全
篇呈現陰柔之氣的地方。透過章法風格的分析，更能看出全篇「剛柔
相濟」的內在律動。

◎〈江梅引〉寧宗慶元二年，1196

人間離別易多時。見梅枝，忽相思。幾度小窗幽夢手同攜。
今夜夢中無覓處，漫徘徊，寒侵被，尚未知。濕紅恨墨淺封
題。寶箏空，無雁飛。俊遊巷陌，算空有、古木斜暉。舊約
扁舟，心事已成非。歌罷淮南春草賦，又蓑蓑。漂零客，淚
滿衣。

結構分析表：

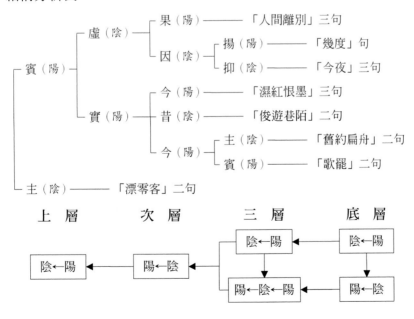

說　明：

　　這首詞是姜夔客居無錫，藉記夢以抒懷的作品。詞的上片描寫夢境，其分寫兩種夢境，前者「幾度小窗幽夢手同攜」描寫歡聚之境，後者「今夜夢中無覓處」四句則轉寫佳人難尋的孤寂之景，兩種夢境的強烈對比，帶出作者無限的傷感；下片實寫詞人的情緒，藉由今昔交錯的景致，表達別後的惆悵之感；結尾二句，總收全詞，「漂零客，淚滿衣」可謂直抒胸臆，傳達了深摯的飄泊之嘆。結構表的底層爲「揚（陽）→ 抑（陰）」結構與「主（陰）→ 賓（陽）」結構，其一逆向、一順向的移位作用，凸顯了陰柔的力量；三層的「果（陽）→ 因（陰）」結構爲逆向移位，其勢趨於陰柔，而「今（陽）→ 昔（陰）→ 今（陽）」結構，是趨於陽剛的轉位，此陽剛的力度遠大於「果→因」結構所產生的陰柔之勢；次層的「虛（陰）→ 實（陽）」結構爲順向移位，其勢趨於陽剛；上層的「賓（陽）→ 主（陰）」結構爲逆向移位，其勢趨於陰柔。整體觀之，三層的「今（陽）→ 昔（陰）→ 今（陽）」結構所形成的陽剛之勢頗爲強烈，再加上次層亦凸顯出陽剛的力量，結合這兩層的陽剛之勢，足以拉回核心結構所凸顯的陰柔的力度，從而使全篇呈現「剛柔相濟」的風格。潘君昭云：

　　　　白石戀情詞以蘊藉深摯見長，本詞也不例外，可說是落落而多低徊不盡的風致。〔註33〕

此言「蘊藉深摯」，乃就其陰柔的風致而言，而細觀其兩種夢境的對比，卻展現作者激烈的傷感，結句直抒胸臆的筆調，正反映了此種激情，也令人感受到此詞的陽剛之氣。通篇所呈現的風格應是剛柔兼具的。

◎〈阮郎歸〉慶元二年，1196

　　　　旌陽宮殿昔徘徊，一壇雲葉垂。與君閑看壁間題，夜涼笙鶴期。茅店酒，壽君時，老楓臨路歧。年年強健得追隨，名山遊遍歸。

───────────
〔註33〕見《唐宋詞鑑賞集成・潘君昭評》，頁 1977。

結構分析表：

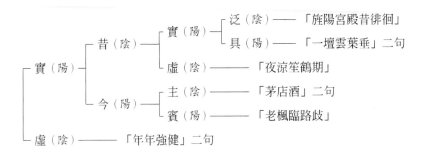

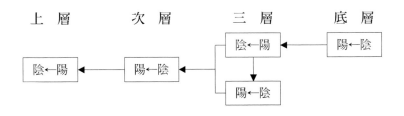

說　明：

　　這是姜夔爲追憶與好友張鑑舊日游賞的作品。詞的上片實寫昔日
與摯友同游「旌陽宮殿」的情景，其中「夜涼笙鶴期」還包含了對於
神仙故事的想像；下片轉回今日景況，描寫爲君祝壽之事，在「老楓」
的襯托之下，展現了清幽的意境；結尾二句表達祝壽之意，「年年強
健得追隨，名山遊遍歸」，筆調充滿眞摯爽健之感。結構表共分四層。
底層的「泛（陰）→ 具（陽）」結構爲順向移位，其勢趨於陽剛；三
層的「實（陽）→ 虛（陰）」結構與「主（陰）→ 賓（陽）」結構，
恰爲一逆向、一順向之移位，凸顯的陰柔的力量；次層爲「昔（陰）
→ 今（陽）」結構，其順向移位又凸顯出陽剛之事；上層的「實（陽）
→ 虛（陰）」結構爲逆向移位，其勢又趨於陰柔。整體觀之，上層的
核心結構所呈現的陰柔之勢本應爲此篇風格的主調，但是總合次層與
底層的陽剛之勢，其力度又將陰柔的力量拉回，是全篇趨於「剛柔相

濟」的風格。劉乃昌用「超然撥俗之致」（註34）來評價此詞的風格，再結合「清幽爽健」的筆調來看，確實符合「剛柔相濟」的基調。

◎〈月下笛〉慶元三年，1197

　　與客攜壺，梅花過了，夜來風雨。幽禽自語，啄香心，度墻去。春衣都是柔荑剪，尚沾惹、殘茸半縷。悵玉鈿似擬，朱門深閉，再見無路。凝佇，曾游處。但繫馬垂楊，認郎鸚鵡。揚州夢覺，彩雲飛過何許。多情須倩梁間燕，問吟袖、弓腰在否？怎知道、誤了人，年少自恁虛度。

結構分析表：

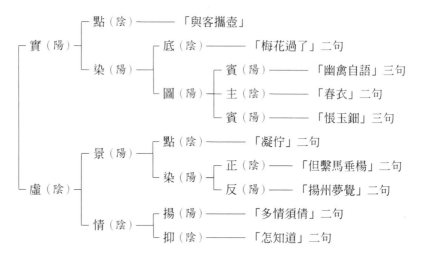

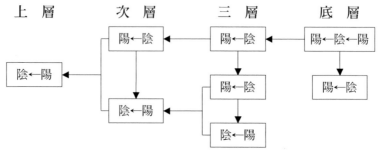

〔註34〕見劉乃昌《姜夔詞新釋集評》，頁126。

說　明：

　　這是一首姜夔重游舊地，追憶情人的懷舊詞。上片實寫當下所見景致，在「夜來風雨」的背景之中，作者透過「幽禽」、「玉鈿」及「朱門」等景物的描寫，以烘托自己孤獨惆悵的神態；下片轉入對故地的凝思，透過景物的描寫，抒發自己多情癡念與撫躬自傷的矛盾心情。結構表的底層有「賓（陽）→ 主（陰）→ 賓（陽）」結構，為形成陽剛之勢的轉位，而「正（陰）→ 反（陽）」結構，又是順向移位，其勢亦趨於陽剛，再以「正反」章法之對比質性，其陽剛的力量又更為明顯；三層為順向移位之「底（陰）→ 圖（陽）」結構、「點（陰）→ 染（陽）」結構，與逆向移位之「揚（陽）→ 抑（陰）」結構，在二順向、一逆向的移位作用下，本來此層的陰陽是趨於平衡的，但是「抑揚」章法的對比質性，增加了陰柔的力度，使三層仍凸顯了陰柔的力量；次層為「點（陰）→ 染（陽）」結構與「景（陽）→ 情（陰）」結構，其一順向、一逆向的移位作用凸顯出陰柔的力量；上層的「實（陽）→ 虛（陰）」結構，為逆向移位，其勢又趨於陰柔。綜觀整體結構表的陰陽趨向，上層的核心結構所呈現的陰柔之勢本應為全篇風格的主調，但是底層陽剛的力度頗強，影響所及，拉回了部分的陰柔之勢，使全篇風格仍幾近於「剛柔相濟」的形式。劉乃昌評析此詞的意象與筆法時提到：

　　　　全詞由春景引出春衣，睹衣懷人，臨故地冥想，借梁
　　燕寄情，折回撫躬自傷。思路精微，長於細節刻畫，筆法
　　新巧不俗。〔註35〕

從情境刻畫所呈現的「幽獨」意境，以及心境上多情與自傷的矛盾來看，確實符合「思路精微」的特色，這是此詞具陰柔風格的部分，而筆法上的新巧則展現了陽剛的特色，這也就是此詞具備「剛柔相濟」之詞風的主因。

〔註35〕見劉乃昌《姜夔詞新釋集評》，頁 160。

◎〈喜遷鶯慢〉慶元三年，1197

　　玉珂朱組，又佔了道人，林下眞趣。窗戶新成，青紅猶潤，
雙燕爲君胥宇。秦淮貴人宅第，向誰記六朝歌舞。總付與，
在柳橋花館，玲瓏深處。居士，閑記取。高臥未成，且種松
千樹。覓句堂深，寫經窗靜，他日任聽風雨。列仙更教誰做，
一院雙成儔侶。世間住，且休將雞犬，雲中飛去。

結構分析表：

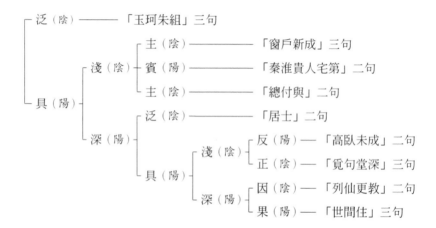

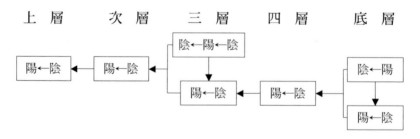

說　明：

　　這首詞是姜夔爲祝賀張父功新第落成所作。詞的上片著重於新
第建成的描寫，透過「六朝歌舞」的正面烘托，展現新居的富麗與
輝煌；下片更深入刻畫主人徜徉於新居的樂趣，不僅刻畫其「覓句
堂深，寫經窗靜」的悠閒生活，更以「列仙」之名盛讚主人新第及

其生活的超塵撥俗。結構表共分五層，底層有逆向移位的「反（陽）
→ 正（陰）」結構，與順向移位的「因（陰）→ 果（陽）」結構，
在一逆向、一順向的移位作用之下，凸顯出陰柔的力量，由於「正
反」章法的對比質性，使其陰柔之勢更爲明顯；四層的「淺（陰）
→ 深（陽）」結構爲順向移位，其勢趨於陽剛；三層有「主（陰）
→ 賓（陽）→ 主（陰）」結構，是趨於陰柔的轉位，其陰柔的力度，
遠大於「泛（陰）→ 具（陽）」結構所形成的陽剛之勢；次層爲「淺
（陰）→ 深（陽）」結構，其順向移位又凸顯了陽剛的力量；上層
爲「泛（陰）→ 具（陽）」結構，其順向移位亦造成陽剛之勢的凸
顯。就整體結構表來看，上層所凸顯的陽剛之勢，結合次層陽剛的
力量，本應爲此詞風格的主調，但是三層的「主（陰）→ 賓（陽）
→ 主（陰）」結構所形成的陰柔力度頗爲強大，其力度足以拉回部
分的陽剛之勢，使全篇的風格呈現趨於「剛柔相濟」的形式。劉乃
昌評此詞云：

> 篇中善於馳騁想像，融化掌故，做到清空爽暢，收縱
> 自如，而不走入塵俗和板滯。〔註36〕

其「收縱自如」的筆調，創造了「清空爽暢」藝術特色，分而言之，
「清空」之感屬於陰柔，而「爽暢」的筆調則歸於陽剛，此等藝術特
色的評價，正是章法風格「剛柔相濟」的最佳註腳。

◎〈徵招〉嘉泰元年，1201

> 潮回卻過西陵浦，扁舟僅容居士。去得幾何時，黍離離如此。
> 客途今倦矣，漫贏得、一襟詩思。記憶江南，落帆沙際，此
> 行還是。迤邐剗中山，重相見、依依故人情味。似怨不來游，
> 擁愁鬢十二。一丘聊復爾，也孤負、幼與高志。水菰晚，漠
> 漠搖煙，奈未成歸計。

〔註36〕見劉乃昌《姜夔詞新釋集評》，頁164。

結構分析表：

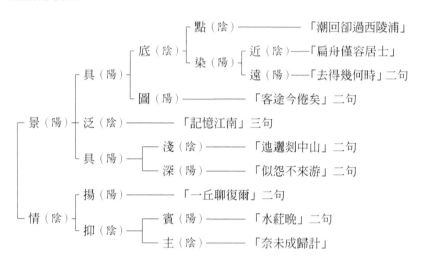

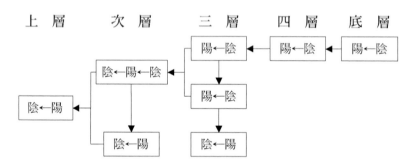

說　明：

　　這首詞是姜夔的自度曲，其內容主要在記載他泛舟時的感懷。起筆具寫泛舟時的周遭環境，場景由近而遠，襯托出詞人「一襟詩思」的清客形象；而後以追憶昔日江南的「落帆沙際」，以概括當日之景象；下片續寫遙望之景，透過表面綿延山境的描寫與深層山巒似愁鬢的影射，帶出悠遠清愁的意境；收拍四句轉入抒情，有悠游自適的襟懷，也有身世飄零的感嘆，在一揚一抑的筆調之間，透露出詞人一生清苦的哀愁。結構表共分五層，底層的「近（陰）→ 遠（陽）」結構是順向移位，其勢趨於陽剛；四層的「點（陰）→ 染（陽）」結構也

是順向移位，其勢又趨於陽剛；三層的「底（陰）→ 圖（陽）」結構與「淺（陰）→ 深（陽）」結構，俱為順向移位，其勢趨於陽剛，而「賓（陽）→ 主（陰）」結構則為逆向移位，其勢趨於陰柔，在一逆向、二順向的移位作用之下，使陰陽趨於平衡；次層的「具（陽）→ 泛（陰）→ 具（陽）」結構，其轉位作用形成極強的陽剛之勢，而「揚（陽）→ 抑（陰）」結構為逆向移位，其勢趨於陰柔，此陰柔之勢因為「抑揚」章法的對比質性而更加明顯，也直接消弱了次層的陽剛之勢；上層為「景（陽）→ 情（陰）」結構，其逆向移位又凸顯了陰柔的力量。整體而言，上層核心結構所形成的陰柔之勢，本來容易受到次層趨陽剛之轉位的影響，但是次層的逆向移位又拉回強勢的陽剛之氣，使全篇陰柔與陽剛的力度相差無幾，呈現出趨於「剛柔相濟」的風格。劉乃昌論述此詞的情意時提到：

> 「奈未成歸計」與「客途今倦矣」遙相呼應，表現了清客文人的淡淡哀愁。白石清苦流落的一生，換來的是「一襟詩思」，飄逸絕倫的文學成就。〔註37〕

這首詞在寫景部分塑造了「悠遠清愁」的情境，其實已具備「剛柔相濟」的特色，而抒情部分涵蓋了「悠游自適」與「飄零之嘆」的兩種心情，亦是一疏放、一低抑的情致，此正是章法風格所分析之「剛柔相濟」風格的具體展現，此段論述所提到的「清苦」、「飄逸」等特色，只叩得此詞陰柔的風貌。

◎〈**念奴嬌**〉嘉泰三年，1203

> 昔游未遠，記湘皋聞瑟，澧浦捐褋。因覓孤山林處士，來踏梅根殘雪。獠女供花，儂兒行酒，臥看青門轍，一邱吾老，可憐情事空切。曾見海作桑田，仙人雲表，笑汝真癡絕。說與依依王謝燕，應有涼風時節。越只青山，吳惟芳草，萬古皆沈滅。繞枝三匝，白頭歌盡明月。

〔註37〕見劉乃昌《姜夔詞新釋集評》，頁168。

結構分析表：

- 因（陰）
  - 揚（陽）
    - 昔（陰）——「昔游未遠」三句
    - 今（陽）
      - 久（陰）——「因覓孤山」二句
      - 暫（陽）——「獠女供花」三句
  - 抑（陰）——「一邱吾老」二句
- 果（陽）
  - 天（陰）——「曾見海作桑田」三句
  - 人（陽）
    - 全（陰）
      - 暫（陽）——「說與依依」二句
      - 久（陰）——「越只青山」三句
    - 偏（陽）——繞枝三匝」二句

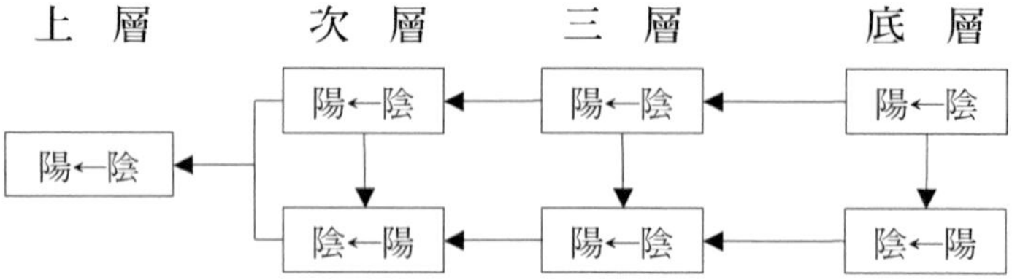

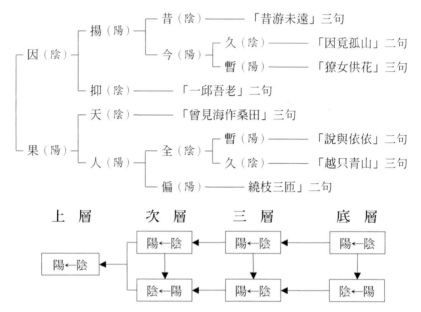

說　明：

這首詞是姜夔寓居杭州時，因所居房舍被焚之後的抒感之作。起首以輕揚的筆調敘寫自己多年來的行蹤，而今得以暫時在此定居，所云「獠女供花，傖兒行酒，臥看青門轍」，具體描繪了卜居生活的閒適與安定；不料一場大火使房舍盡毀，其言「一邱吾老，可憐情事空切」，簡短地帶出當時房舍被焚的心境；下片乃就毀舍，抒發古今滄桑之感，詞人結合自然與人事的景致，並引用歷史興衰之典故，以襯托自己當下的心境，結句「繞枝三匝，白頭歌盡明月」，道盡了自己無處棲身的悲涼，卻也隱含著超脫人間悲歡的襟懷。結構表共分四層。底層爲「久（陰）→ 暫（陽）」結構與「暫（陽）→ 久（陰）」結構，恰爲一順向、一逆向的移位，凸顯了陰柔的力量；三層爲「昔（陰）→ 今（陽）」結構與「全（陰）→ 偏（陽）」結構，兩者皆爲順向之移位，其勢趨於陽剛；次層爲「揚（陽）→ 抑（陰）」結構與「天（陰）→ 人（陽）」結構，其一逆向、一順向之移位又凸顯了陰

柔的力量，此陰柔之勢又因爲「抑揚」章法之對比質性而更加明顯；上層爲「因（陰）→果（陽）」結構，其順向移位又凸顯了陽剛的力量。整體而言，上層的核心結構所凸顯的陽剛之勢，結合三層的陽剛的力量，本應爲全詞風格的主調，但是次層陰柔的力度頗爲明顯，其勢足以拉回部分的陽剛之勢，使得全偏風格趨向於「剛柔相濟」的形式。劉乃昌評此詞云：

> 篇中以雲外仙人笑看人生，將人間悲苦一舉掃滅，體現了作者由辛酸趨向超曠，以曠達虛掩身世酸楚的複雜襟緒。〔註38〕

詞中情理的表達，所謂「以曠達虛掩身世酸楚的複雜襟緒」，基本上就包含了陽剛與陰柔的成分，這就與章法風格之「剛柔相濟」的格調互爲表裡了。

◎〈永遇樂〉開禧元年，1205

> 雲隔迷樓，苔封很石，人向何處。數騎秋煙，一篙寒汐，千古空來去。使君心在，蒼崖綠嶂，苦被北門留住。有尊中酒、差可飲，大旗盡繡熊虎。前身諸葛，來游此地，數語便酬三顧。樓外冥冥，江臯隱隱、認得征西路。中原生聚，神京耆老，南忘長淮金鼓。問當時、依依種柳，至今在否。

結構分析表：

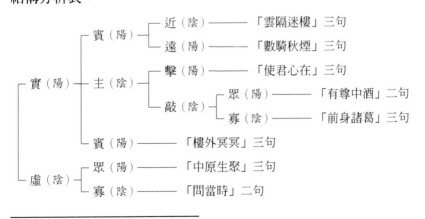

〔註38〕見劉乃昌《姜夔詞新釋輯評》，頁183。

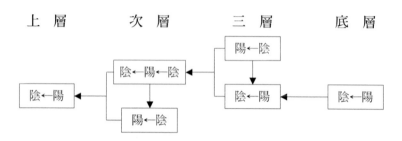

說　明：

　　這是姜夔次稼軒北固樓詞韻的作品。起筆描寫北固樓的周遭景色，寫景由近而遠，帶出蒼茫遼闊之感；其後帶出主角辛稼軒，「使君心在，蒼崖綠嶂，苦被北門留住」三句乃側寫稼軒熱愛廢退時期的田園生活，只因國家需要他來鎮守京口，就無法遂其隱居之志，以襯托他在「大旗盡繡熊虎」之下的治軍氣概；下片續寫其治軍的神威，「前身諸葛，來游此地，數語便酬三顧」三句，乃推崇辛稼軒所具有的北伐之才與爲國盡瘁的襟懷，而「樓外冥冥，江皋隱隱、認得征西路」，又轉回京口之遠景，不僅襯托稼軒的英武，又帶出更深廣的蒼茫之感；收拍轉入虛寫，設想中原百姓引領企望的心情，尤其結句虛想北方的「依依種柳」，更營造一種秀雅的情致。結構表的底層爲「眾（陽）→寡（陰）」結構，其逆向的移位作用凸顯了陰柔的力量；三層有「近（陰）→ 遠（陽）」結構與「擊（陽）→ 敲（陰）」結構，恰爲一順向、一逆向的移位，亦凸顯出陰柔了力量；次層的「賓（陽）→ 主（陰）→賓（陽）」結構，其轉位作用呈現極強的陽剛之勢，而「眾（陽）→ 寡（陰）」結構則爲逆向移位，其勢趨於陰柔，相較之下，此層的陽剛之勢遠大於陰柔之勢；上層爲「實（陽）→ 虛（陰）」結構，其逆向移位凸顯了陰柔的力量。綜觀整體結構表的陰陽態勢，次層的「賓（陽）→ 主（陰）→ 賓（陽）」結構，因轉位作用而產生了極強的陽剛之勢，但是同一層的逆向移位所凸顯的陰柔之勢，消弱了部分的陽剛之勢，再加上核心結構及底層、三層的陰柔之勢，其力度又將陽剛之勢拉回，是全篇的內在律動呈現趨近於「剛柔相濟」的形式。劉乃昌評此詞的

風格有「情感激昂、筆力雄健、氣宇恢弘」〔註39〕之特色，其實僅就前半的實寫而論，未能涵蓋全篇；而劉揚忠提到：

> 白石詞的結尾大多含蓄豐富，搖曳生姿，意境悠遠，
> 有幽雋秀雅之致。從這篇刻意學辛的作品中，仍可看出他
> 自己的這些優長。〔註40〕

所謂「結尾大多含蓄豐富，搖曳生姿，意境悠遠，有幽雋秀雅之致」，清楚點出此詞的結尾具有陰柔之風，可見全篇實寫處的陽剛之氣，亦有虛寫出的陰柔之致，應是「剛柔相濟」的作品。

◎〈暮山溪〉未編年

青青官柳，飛過雙雙燕。樓上對春寒，捲珠簾瞥然一見。如今春去，香絮亂因風，沾徑草，惹墻花，一一教誰管。陽關去也，方表人斷腸。幾度拂行軒，念衣冠尊前易散。翠眉織錦，紅葉浪題詩，煙渡口，水亭邊，長是心先亂。

結構分析表：

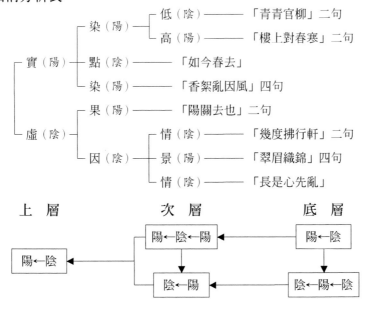

〔註39〕見劉乃昌《姜夔詞新釋集評》，頁187。
〔註40〕見《唐宋詞鑑賞集成・劉揚忠評》，頁2061。

說　明：

　　這是姜夔專為詠柳而作，其旨則藉詠柳抒發離別之情。詞的上片實寫柳樹，對於「青青官柳」的種種姿態，極盡渲染之能事，也充分表現詞人的惜春之情；下片虛寫離情，藉由「翠眉織錦」的柳姿以及「紅葉題詩」的典故，帶出紛亂的離思愁緒。結構表的底層有「低（陰）→ 高（陽）」結構，其順向移位產生趨於陽剛的力量，而「情（陰）→ 景（陽）→ 情（陰）」結構則產生明顯的陰柔之勢，相較之下，次層仍凸顯了陰柔的力量；次層的「染（陽）→ 點（陰）→ 染（陽）」結構，其轉位作用形成極強的陽剛之勢，而「果（陽）→ 因（陰）」結構則為逆向移位，其勢趨於陰柔，相較之下，其陽剛之勢仍大於陰柔之勢；上層為「實（陽）→ 虛（陰）」結構，其逆向移位又凸顯了陰柔的力量。整體觀之，底層的轉位結構所產生的陰柔之勢雖然小於次層轉位結構的陽剛之勢，但是結合核心結構的陰柔的力量，其力度仍足以將陽剛之拉回中和，使全篇呈現幾近「剛柔相濟」的風格形式。劉乃昌評此詞的風格有云：

　　　　全篇詠官柳筆鋒細緻，抒離情直傾襟腑。〔註41〕

其謂此篇「筆鋒細緻」乃針對陰柔的部分而言，而抒情「直傾襟腑」，帶出爽暢之感，則是此篇具有陽剛之氣的原因，如此兼具剛柔之詞風與章法風格「剛柔相濟」之內在律動是相合的。

◎〈永遇樂〉未編年

　　　　我與先生，夙期已久，人間無此。不學楊郎，南山種豆，十一征微利。雲霄直上，諸公滾滾，乃作道邊苦李。五千言、老來受用，肯教造物兒戲。東岡記得，同來胥宇，歲月幾何難計。柳老悲桓，松高對阮，未辦為鄰地。長干白下，青樓朱閣，往往夢中槐蟻。卻不如、窪尊放滿，老夫未醉。

〔註41〕見劉乃昌《姜夔詞新釋集評》，頁220。

結構分析表：

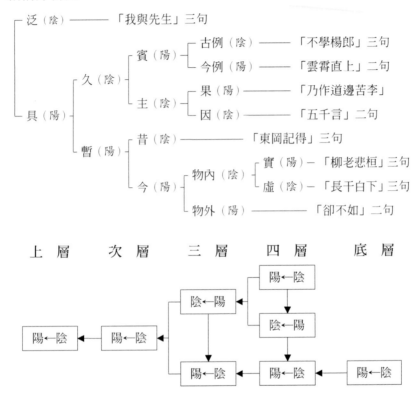

上　層　　次　層　　三　層　　四　層　　底　層

說　明：

　　這首詞的副題爲「次韻辛克清先生」，可見是一首與好友的次韻詞。其主旨在抒發對好友的傾慕之情。上片寫出兩人相知甚深，並運用典故讚揚辛先生之不慕名利、超塵撥俗的風節；下片起筆追憶昔日結鄰定居的景況，再轉回今日，以「桓溫悲柳」、「阮籍撫松」之典故，抒發卜鄰之計未成的嘆惋，但終究不會嚮往「青樓朱閣」般的奢靡生活，結句以「窪尊放滿，老夫未醉」來抒發超然物外的心志，表達自己認同先生之瀟灑雅潔的襟懷。結構表的底層爲「實（陽）→ 虛（陰）」結構，其逆向移位凸顯了陰柔的力量；四層有「昔（陰）→ 今（陽）」結構、「果（陽）→ 因（陰）」結構及「內（陰）→ 外（陽）」結構，

恰爲一逆向、二順向的移位作用,使此層的陰陽趨於平衡;三層爲「賓（陽）→ 主（陰）」結構與「昔（陰）→ 今（陽）」結構,其一逆向、一順向的移位作用,凸顯了陰柔的力量;次層爲「久（陰）→ 暫（陽）」結構,其順向移位又凸顯了陽剛的力量;上層的「泛（陰）→ 具（陽）」結構又是順向移位,其勢又趨於陽剛。綜觀整體結構表的陰陽態勢,上層與次層的陽剛之勢本應爲此篇風格之主調,但是三層與底層的陰柔之勢又拉回部分的陽剛之勢,全偏陽剛的力度略多於陰柔的力度,但是相差無幾,故其風格律動仍歸於「剛柔相濟」的形式。劉乃昌分析此詞的風格提到:

> 這首詞融化歷史掌故較多,時有散化句式,以縱放馳騁的筆力,體現了豪逸曠達的氣度,既貫注了白石一貫的清雅韻致,又表現出接近辛稼軒雄健超邁之風神。〔註42〕

此言「豪逸曠達」與「清雅韻致」,正兼具了陽剛與陰柔的特色,可見章法風格所分析之「剛柔相濟」的內在律動是非常正確的。

結　語

　　詞的「剛柔相濟」之風格,是指其作品兼具豪放與婉約等兩種格調,就蘇軾來說就是「清峻」的詞風,而姜夔則是「清剛」的格調。值得一提的是,我們運用章法風格的理論,將一般學者歸蘇軾〈江城子〉（十年生死兩茫茫）爲婉約、〈定風波〉（莫聽穿林打葉聲）爲豪放的作品,以及姜夔〈湘月〉（五湖舊約）爲婉約、〈永遇樂〉（雲隔迷樓）爲豪壯的作品,重新納入「剛柔相濟」的類型,以正視其作品中的另一種力量（陽剛或陰柔）,結合學者對兩家詞作的述評,章法風格所分析之「剛柔相濟」的內在律動,實爲抽象、直觀的批評提供了更具體的依據。

〔註42〕見劉乃昌《姜夔詞新釋集評》,頁 223。

第七章　章法風格的美感效果

　　章法風格的形成，與「多、二、一（○）」結構的關係非常密切，而探討章法風格的美感效果，也必須從「多、二、一（○）」結構的觀念入手。陳滿銘曾說：

> 　　章法之風格，主要是靠章法結構之「陰陽二元」（徹上徹下）、「移位」（順、逆）與「轉位」（拗）、調和與對比等要素形成，這就關係到章法「多、二、一（○）」的結構，也就是說：一篇之風格（「（○）」），從下而上地看，是先經由「移位」或「轉位」的作用，帶動多種「陰陽二元」而形成輔助結構（「多」之「二」），即「二」之多樣，以支撐核心結構（核心「二」），即「二」（調和或對比）之聯貫，然後統合於主旨或綱領（「一」），即「二」之統一與和諧，而逐層形成的。因此要探討章法風格的主要美感效果，是離不開「移位與轉位」（「多」）、「調和與對比」（「二」）、「統一與和諧」（「一（○）」）三層的。〔註1〕

可見探討章法風格的美感效果，可以發現其具有「移位」與「轉位」之美、「調和」與「對比」之美、「統一」與「和諧」之美。本章就這幾美感分節論述，試推溯各種美感的淵源，以探求章法風格之美，並期望從各種美感效果提出辭章風格（美感）之鑑賞原則。

〔註 1〕 見陳滿銘〈論辭章的章法風格〉稿本（2003.2.4 完稿），頁 21。

第一節　章法風格的移位與轉位之美

　　章法的「移位」與「轉位」現象，對於章法風格的形成具有極重要的影響。具體而言，任何文學作品都可以運用「多、二、一（○）」的邏輯結構來呈現其主旨與風格，其中的「多」，就是指結構表中除了核心結構之外的所有輔助結構，而每一輔助結構的移位（順、逆）或轉位（拗）作用，會產生不同的節奏或韻律，對於整體結構表的內在律動，也各有不同程度的影響。本節從移位與轉位的美學淵源談起，進而探討移位、轉位與風格之陽剛、陰柔的關係，期能從移位與轉位的美感效果，尋出風格（美感）的鑑賞原則。

一、移位與轉位的美學淵源

　　「移位」與「轉位」之美，來自於章法結構的「秩序」與「變化」〔註2〕。而章法「秩序律」與西方結構主義所強調的「語言秩序」相通；「變化律」又可運用西方解構理論中的「變動」、「跳躍」之概念來詮釋。由此可知，「移位」與「轉位」之美，可溯源於「秩序」與「變化」的宇宙規律，更可以推源於西方哲學中的「結構」與「解構」。

（一）秩序與變化

　　就「秩序律」而言，宇宙中的任何事物多具有形成秩序的力量，這種力量亦給人一種美感。早在古希臘時期，畢達哥拉斯學派就強調「數」爲一切萬物之本源，透過此一美學核心的闡述，他們更強調「秩序美」與「勻襯美」的重要性。〔註3〕因此，在後來的美學發展上，

〔註2〕　仇小屛：「針對『秩序律』而言，其力的變化是『移位』；針對『變化律』而言，其力的變化就是『轉位』。」參見〈論辭章章法的移位、轉位及其美感〉，《辭章學論文集》（福州：海潮攝影藝術出版社，2002年2月一版一刷），頁100。

〔註3〕　如早期畢達哥拉斯學派中的菲羅勞斯就曾經將秩序和勻襯建立在美的概念之中，認爲秩序和勻襯才是美，才爲有用之物。參見《西方美學通史》第一卷，《古希臘羅馬美學》（蔣孔陽主編，上海文藝出版社，1999年12月第1版），頁64。

就有所謂「反復」（Repetition）與「齊一」（Uniformity）的形式美法
則，即為秩序律所形成的美感。歐陽周、顧建華、宋凡聖曾針對這種
形式美的特色提出說明，其言：

> 這是一種最常見、最簡單的形式美。它是單一、純淨、
> 重復的，不包含差異和對立的因素，給人一種秩序感。顏
> 色、形體、聲音的一致和重復，就會形成整齊一律的美。……
> 這種形式美給人一種質樸、純淨、明潔和清新的感受，但
> 缺少變化，易流於單調、呆滯。〔註4〕

陳雪帆也曾分析說：

> 有這「齊一」形式的時候，我們每會隨著而有一種壯
> 大的意念，當它喚起了我們無限大的思想的時候，無限大
> 的觀念不一定是隨著這齊一的狀態的，但同一東西非常多
> 地重複著時，容易使人沈入無限的思索裡去，卻是實在的。
> 如天高氣清的秋夜裡，仰望星空感有一種壯大的情趣，就
> 大抵是無限的齊一觸發了的。總之，反復的形式雖然簡單，
> 也有不可輕視的價值。〔註5〕

可見「反復」與「齊一」的形式，會形成一種簡單的節奏與秩序，更
容易凸顯「質樸」、「純淨」、「明潔」、「清新」和「壯大」的美感，這
都是在「多」（多樣）的基礎上建立起來的。章法上的「移位」，無論
是順向（如主→賓）或是逆向（如賓→主），也無論是調和性結構或
對比性結構，都可能因為「反復」與「齊一」而形成簡單的節奏，也
同樣會產生「秩序」的美感。由此可知，章法的「移位」作用與「秩
序律」的關係非常密切，其源於美學上的「反復」與「齊一」的形式，
也是可以被確定的。

就「變化律」而言，宇宙中的「變化」，乃是萬物生生不息、不
斷變動的結果。此即《周易·繫辭上》所言「剛柔相推而生變化。……

〔註4〕 見歐陽周、顧建華、宋凡聖《美學新編》（杭州：浙江大學出版社，
　　　2001 年 5 月第 1 版九刷），頁 76。
〔註5〕 見陳雪帆《美學概論》（臺北：文鏡文化公司，1984 年 12 月重排出
　　　版），頁 63。

變化者，進退之象也」。所謂「進退之象」就是陰陽交迭中「由陰而陽而陰」或「由陽而陰而陽」的過程，落實在現實的「象」中，即成爲天地之變化與四時之更迭。陳望衡在《中國古典美學史》中進一步闡釋說：

> 「象」最大的功能就是能變。……「變」既是空間性的，表現爲物體位置的變異；又是時間性的。表現爲時光的線性流程。……這實際上是提出，我們視察是事物應該有兩種相交叉：空間的─天地（自然、社會）；時間的─四時（歷史）。〔註6〕

可見「變化」在宇宙的生成規律中是一個很原始的重要概念，它既與時空交叉，也足以和人類的心理緊密地接軌，成爲心理學及美學上的一個重要形式。陳雪帆從心理的角度闡述這種美感形式，他說：

> 但人類心理卻都愛好富於變化的刺激，大抵喚起意識須變化，保持意識的覺醒狀態也是需要變化的。若刺激過於齊一無變化，意識對它便將有了滯鈍、停息的傾向。在意識的這一根本性質上，反復的形式實有顯然的弱點。反復到底不外是同一（縱非嚴格的同一，也是異常的近似）狀態之齊一地刺激著我們的事。反復過度，意識對於本刺激也便逐漸滯鈍停息起來，有在不識不知之間，移向那變化有起伏的別一刺激去的趨勢。

這裡強調人們的心理容易對「齊一」、「反復」的形式產生遲滯和疲乏，而所謂「移向那變化有起伏的別一刺激去的趨勢」，則點出「秩序」乃單調之「變化」，而「變化」爲複雜之「秩序」的概念。邱明正針對人類求變、求異的心態，進一步提出「求異性探究」的審美心理，他說：

> 求異心理在思維中表現爲「求異性探究」，即在認識過程中特別關注事物之間、現象與本質之間、局部與整體之間、主體與客體之間的差異性、矛盾性、對立性，從而把握對象的各自特徵和主客體之間的矛盾運動規律。……求異性

〔註6〕見陳望衡《中國古典美學史》（湖南教育出版社，1998 年 8 月第 1 版），頁188。

> 探究可以強化刺激，煥發精神，使生活多色調。人有時會處
> 於精神懈怠狀態，產生一種虛空感、失落感、孤寂感，乃至
> 精神萎靡，意志消沈；或者當人被環境所圍，老是集中注意
> 力於某一事物，聽到某一種聲音，看到某一種形狀、色彩，
> 久而久之便感覺疲勞，感受性降低，乃至視而不見，聽而不
> 聞，精神渙散。在這兩種情況之下，人們都需要尋求新的強
> 刺激，在大腦形成新的興奮灶，用以調節自己的精神，改變
> 原來的心理狀態，使精神重新振奮起來。〔註7〕

這裡明確指出人類的審美求異心理具有強化刺激，煥發精神的作用，
同時也細度分析了人類心理對於求變、求異的高度渴望。可見「變化」
不僅是宇宙生成的重要規律，也是審美心理上的重要形式。章法源自
於宇宙規律，亦合乎人類的共通思維，其「轉位」所呈現的「陰→陽
→陰」或「陽→陰→陽」的結構，正合乎宇宙的「變化」原則，也足
以詮釋人類求變、求異的審美心理。

（二）結構與解構

結構主義與後結構（解構）理論是二十世紀西方美學發展史的重
要流派，它們呈現了後現代成形之後「建構→結構→解構→解構之解
構→再建構」之邏輯體系。

結構主義的出現，對於人類學、心理學以及文學批評等各方面的
影響極大。在文學批評方面，它強調文學批評所應有的恆定模式，反對
傳統印象派一類的主觀批評；同時也強調文學研究的整體觀，對於文學
背後的文化系統極為重視；最重要的是，他們主張文學批評必須追蹤文
學的深層結構，具體而言，結構主義的「結構」一詞，通常是指事物內
部的複雜關聯，這種關聯不能被直觀，而是需要透過特定的思考模式來
深掘、建構的。美國結構主義文論家克勞迪歐・居萊恩曾說：

> 文學史也有一種系統或結構化傾向。……在那緩慢而

〔註 7〕　見邱明正《審美心理學》（上海：復旦大學出版社，1993 年 4 月第 1
版），頁 104。

> 又不停變化的整個文學領域內所存在的一種頑強、深刻的
> 「秩序意志」。〔註8〕

這裡所謂的「秩序意志」，就是文學發展背後的深層結構。我們比較結構主義與章法學的理論，從求同而不求異的角度，發現章法所探索的是辭章情意的深層邏輯，與前述的「深層結構」可以互相闡發；而章法源自於人類思維的共通理則，此與索緒爾所強調的「語言」的共同內在結構，亦有相似的精神內涵。由此可知，章法的「秩序律」所強調的是章法結構之「移位」所產生的具有規律的簡單節奏，這種規律而簡單的節奏符合了秩序美，也符合結構主義所強調「秩序意志」的特徵。

隨著結構主義理論的逐漸僵化，再加上西方哲學發展中一直存在的「否定理論」、「懷疑眞理」的思潮，以及二十世紀七〇年代以後風起雲湧的社會運動，使結構主義瀕臨瓦解，開啓了「後結構思潮」。其中當以「解構理論」爲最重要的部分。關於「解構理論」的特色，朱立元、張德興曾分析說：

> 解構（descontruction）的字根來自「解」、「瓦解」（"to
> undo"，"decon-stuct"），是德里達從海德格爾的哲學概念
> destruktion 發展而來的。「解構」抓住了一個關鍵問題：經
> 典的結構主義所試圖運用的二元對立法體現了一種觀察意
> 識型態特點的方式。意識型態總喜歡在可接受與不可接受
> 之間，以及總總對立之間確立明確的界線，德里達認爲通
> 過「解構」，對立的態勢可以部分地被削弱，或者在分解文
> 本意義的過程中，可以看到對立的兩項在一定程度上互相
> 削弱對方的力量。解構並非證明這種意義的不可能，而是
> 在作品（構）之中，解開、析出意義的力量（解），使一種
> 解釋法或意義不致壓倒群解。〔註9〕

〔註8〕 參見克勞迪歐‧居萊恩《作爲系統的文學》。轉引自《西方美學通史‧二十世紀美學（下）》，頁47。

〔註9〕 見朱立元等《西方美學通史‧二十世紀美學（下）》，頁364。

早期解構理論的興起，就是在瓦解結構主義所強調的秩序與規律；而晚近法國學者羅蘭‧巴特更企圖消解索緒爾的符號理論，他認為一般結構主義的「作品」是單數的，而「文本」（text）則為複數，這種複數的特點導致文本的意義具有不斷游移、流轉、擴散和增值的特性，這些特性也成為解構理論所強調的重要概念。〔註10〕解構理論在後期更結合了後現代思潮與女性主義的思維，增強了解構理論中「不確定」、「變動」、「跳躍」的特徵。綜而言之，解構理論強調了宇宙生成中的所具有「變化」原則，表面上是在消解結構主義所強調的秩序，實際上則補足了結構主義理論的缺憾。章法上的「轉位」作用，不僅合乎宇宙中的「變化」原則，其在結構中的往復現象，也屬於解構理論的「變動」特徵。所以，解構理論應是詮釋「轉位」之美的一個重要淵源。

二、移位、轉位的節奏（韻律）與陽剛、陰柔之關係

關於「節奏」的定義，歐陽周、顧建華、宋凡聖曾明白指出：

> 節奏是一種連續的合規律的週期性變化的運動形式。……世界上沒有一樣事物是沒有節奏的：日出日沒，月圓月缺，寒往暑來，四時代序，這是時間變化上的節奏；日作夜眠，一日三餐，起居有序，有勞有逸，這是人們日常生活上的節奏。人體的呼吸、脈搏、情緒乃至思維，都像生物鐘一樣，是一種有節奏的生命過程。〔註11〕

至於「韻律」，他們又提到：

> 與節奏相聯繫的是韻律。韻律是在節奏的基礎上形成的，但又比節奏的內涵豐富得多，是一種有規律的抑揚頓挫的變化，表現出一種特有的韻味和情趣。可以說，節奏是韻律的條件，韻律是節奏的深化。

由此可知，「節奏」與「韻律」都是宇宙創生變化中必然存在的運動形式，它們會同時出現在一個完整的邏輯個體之中，只是「節奏」的

〔註10〕參見朱立元等《西方美學通史‧二十世紀美學（下）》，頁155。
〔註11〕見歐陽周等《美學新編》，頁78。

運動範圍限於局部，而「韻律」則指趨向於整體的律動。在美感經驗中，凡是外在環境的節奏（或韻律）與人體的心理或生理的律動相協調時，就會產生愉悅之感；反之，當外在環境的節奏（或韻律）與人體的心理或生理的律動不相協調時，就容易產生煩躁之感，這就是節奏（或韻律）的美感效果。

就文學作品而言，無論是詩歌、散文或是小說、戲曲，皆是一個獨立的邏輯個體，也必然存在著節奏與韻律，而它們的節奏與韻律則需藉由章法結構之「移位」、「轉位」的作用呈現出來。章法的「移位」是一種有秩序、有方向的運動形式，而「轉位」則是一種具變化特質的運動形式，兩這皆可產生節奏（或韻律）。我們落到文學作品來說，每一篇文學作品都可藉由內在邏輯的探索而形成完整的結構表，其底層結構單元的移位或轉位作用會形成節奏，再往上一層的結構單元則至少已融合兩個或兩個以上的節奏，呈現出較爲繁複的韻律，其層次愈高，所產生的韻律則包含更多的節奏，當然就蘊含更多的情趣與韻味，對於辭章整體的律動也影響愈大。

此外，移位與轉位所產生的「勢」並不相同，故其所形成的節奏（或韻律）也不一樣。具體而言，章法的「移位」是一種有秩序的反復運動，順向的「陰→陽」移位產生較爲和緩的「勢」，其節奏（或韻律）也應屬於沈靜和緩的形式；而逆向的移位則是一種「陽→陰」的逆勢運動，其「勢」則較爲強烈，所產生的節奏（或韻律）也比較激動；至於章法的「轉位」作用，是一種具變化特性的往復運動，它結合了移位之順向與逆向的運動形式，呈現「陰→陽→陰」或「陽→陰→陽」的模式，由於往復的運動需要更大的力量，故轉位所產生的節奏（或韻律）也更加強烈激動。從陽剛與陰柔的角度來判斷，「順向移位」容易凸顯陽剛的節奏（或韻律），但其節奏是較爲沈靜緩和的，「逆向移位」則容易凸顯陰柔的節奏（或韻律），且其節奏表現得較爲鼓舞；至於「轉位」所產生的節奏（或韻律）可能偏於陽剛，亦

可能偏於陰柔，而其力度都是最爲激動鼓舞的。〔註12〕

移位（順、逆）與轉位（拗）因其運動型態的不同，可以形成不同的節奏（或韻律），而這種節奏（或韻律）又會造成不同程度的陽剛之美或陰柔之美，可見移位與轉位的美感效果（多樣之美），在章法風格的整體美感中佔有極重要的地位。

三、從「移位」與「轉位」論風格（美感）的鑑賞原則

章法結構的移位、轉位會形成各種不同的節奏（韻律），這些節奏（韻律）或偏於陽剛，或偏於陰柔，或呈現剛柔互濟的形式，實際上都是辭章之中秩序美與變化美的具體展現。所以，章法的移位與轉位就成爲辭章風格（美感）鑑賞的重要依據。

試以實際的文學作品爲例，如蘇軾的〈西江月〉云：

> 世事一場大夢，人生幾度新涼。夜來風葉已鳴廊。看取眉頭鬢上。酒賤常嫌客少，月明多被雲妨。中秋誰與共孤光。把酒凄然北望。

這是蘇軾「黃州詞」中的第一首描寫中秋的作品。其「先抒情後寫景」的謀篇形式，與傳統詞作「上片寫景、下片抒情」的模式不同，試分析結構及其移位、轉位的現象如下：

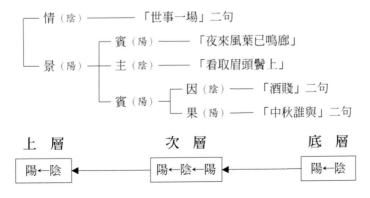

〔註12〕關於移位、轉位與節奏的關係，可參閱仇小屏〈論辭章章法的移位、轉位及其美感〉，《辭章學論文集》，頁 101-110。

－311－

　　我們專就結構之移位、轉位來看，底層是「順向移位」其節奏趨向陽剛，較爲沈靜緩和；次層則是「陽→陰→陽」的轉位，其節奏的趨向先是「由陽轉陰」的逆向移位，再「由陰大力拉回陽」，其「拗」的力量非常強大，所以整個轉位運動產了強烈激動之趨於陽剛的節奏，此一節奏又涵融底層的節奏，形成了繁複的韻律；至於上層又是「陰→陽」的順向移位，其節奏的型態雖與底層相同，卻同時涵融了次層與底層的節奏，其所形成的韻律是更爲繁複的。從整體結構表來看，我們從各層的移位、轉位之作用感受到了節奏（及韻律）的美感，更感受到整體韻律所展現出來的陽剛之美。

　　又如姜夔的〈踏莎行〉所云：

　　燕燕輕盈，鶯鶯嬌軟。分明又向華胥見。夜長爭得薄情知？
　　春初早被相思染。別後書辭，別時針線。離魂暗逐郎行遠。
　　淮南皓月冷千山，冥冥歸去無人管。

　　此爲姜夔的記夢之詞。全篇運用虛實交錯的筆法，來表達作者身處現實與夢境的淒涼。試分析其結構與移位、轉位的現象如下：

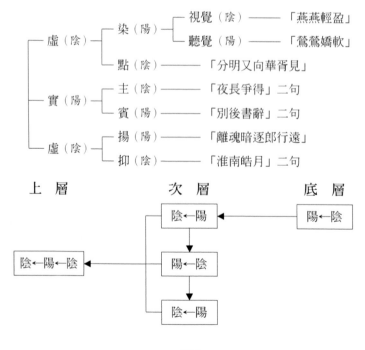

　　若專就結構表的移位、轉位現象來看，底層是「陰→陽」的順向移位，其節奏趨向陽剛，較爲沈靜緩和；次層有三個結構單元，按其移位剛好是「逆向—順向—逆向」的次序，在節奏的強弱上則呈現了「激動—緩和—激動」的型態，再涵融底層的節奏，便形成了極具變化而繁複的韻律；上層的「陰→陽→陰」是趨於陰柔的轉位，其力量從「陰」轉向「陽」，再由「陽」大力拉回「陰」，節奏是分常鮮明的，再加上次層與底層的節奏，上層的轉位所涵融出來的韻律是更加繁複、更具有變化的。整體而言，我們感受到各層移位、轉位的節奏（或韻律），也看到各個節奏（或韻律）所串聯出來的陰柔之美。

　　再如姜夔的〈浣溪沙〉云：

　　　　著酒行行滿袂風。草枯霜鶻落晴空。銷魂都在夕陽中。恨入四弦人欲老，夢尋千驛意難通。當時何似莫匆匆。

　　這首詞是姜夔懷念合肥女子的作品。他透過眼前實景與心中虛景的交錯，以及自然與人事的融合，帶出無限的感懷與思念。試分析其結構與移位、轉位的現象如下：

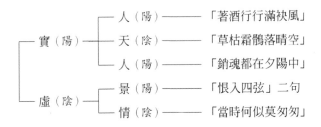

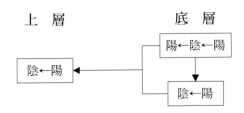

　　結構表的底層首先就出現了「陽→陰→陽」的轉位，其「拗」的力量非常強烈，也產生了極爲激動鼓舞且偏於陽剛的節奏；其次另一

個「陽→陰」的逆向移位,其勢偏於陰柔,所產生的節奏則較爲沈靜緩和,兩個節奏的質性不同,強弱各異,在底層已交融成爲一個繁複的韻律;上層又是「陽→陰」的逆向移位,其偏於陰柔的節奏雖然較爲沈靜緩和,但是再涵融底層的韻律之後,便形成了更爲繁複、多變的韻律。從結構表的每一個移位、轉位的節奏(韻律)來看,我們可以感受到這首詞所散發出來的剛柔互濟之美。

從上述實際作品的論證中,我們以章法的「移位」與「轉位」爲依據,確實將辭章的內部律動(節奏或韻律)具體地呈現出來,讓我們不僅可以感受到辭章的秩序美與變化美,更能確認其陽剛或陰柔的風致。所以,藉由章法之「移位」與「轉位」的分析,以見出其秩序與變化的美感,並判定其陽剛或陰柔的風致,確實是辭章風格(美感)鑑賞的重要原則。

第二節　章法風格的調和與對比之美

在美學上有許多不同的美感形式,而最終可歸結於「調和之美」與「對比之美」兩大類型。從「多、二、一(○)」的結構來看,「調和」與「對比」屬於「二」的範疇,即宇宙中「二元對待」的關係,此與風格中「陽剛」與「陰柔」之二元對待,在本質上有相通之處。本節試圖探討「調和」與「對比」的美學淵源,並進一步聯繫美學之「調和」、「對比」與風格之「陽剛」、「陰柔」的關係,以印證「調和」與「對比」在風格(美感)鑑賞中的重要性。

一、調和與對比的美學淵源

在形式美中,「調和」、「對比」是聯繫「多樣」與「統一」之間的兩個基本型態。它們可以溯源於宇宙生成規律中的「二元對待」模式,在心理學上又合於審美心理之「對立原則」與「和諧原則」,茲分述這兩大淵源如下。

（一）宇宙生成規律中的「二元對待」

「多」、「二」、「一（○）」的螺旋結構，本身就反映著宇宙的生成規律，其中的「二」，就是「二元對待」，它既可以徹下統合「多」，又能徹上歸於「一（○）」。〔註13〕中國哲學對於「二元對待」的論述很多，以《周易》六十四卦為例，其卦象與卦義處處透露著二元對待的關係。其中屬「異類相應」的二元對待，如：

「剛」和「柔」、「樂」與「憂」、「與」和「求」、「起」和「止」、「衰」和「盛」、「時」和「災」、「見」和「伏」、「速」和「久」、「離」和「止」、「外」和「內」、「否」和「泰」、「去故」和「取新」、「多故」和「親寡」、「上」和「下」。

屬於「同類相從」的二元對待如：

「止」和「退」、「眾」和「親」、「寡」和「不處」、「不進」和「不親」、「女之終」和「女歸待男行」。〔註14〕

而《老子》一書也談到許多關於二元對待的概念，其中屬「異類相應」的二元對待，如：

「美與醜」、「善與惡」、「有與無」、「難與易」、「長與短」、「高與下」、、「前與後」、「寵與辱」、「曲與直」、「窪與盈」、「敝與新」、「少與多」、「雄與雌」、「有德與無德」、「厚與薄」、「實與華」、「明與昧」、「進與退」、「夷與纇」、「巧與拙」、「辯與訥」、「躁與靜」、「寒與熱」。

屬於「同類相從」的二元對待如：

「常道與常名」、「無為之事與不言之教」、「不上賢與不貴難得之貨」、「天地不仁與聖人不仁」、「五色與五音、

〔註13〕 參見陳滿銘〈論「多」、「二」、「一（○）」的螺旋結構—以《周易》與《老子》為考察重心〉，收錄於《章法學綜論》（臺北：萬卷樓，2003 年 6 月），頁 459-506。

〔註14〕 關於「同類相從」與「異類相應」之聯繫的說法，參見戴璉璋《易傳之形成及其思想》（臺北：文津出版社，1997 年 2 月初版二刷），頁 195-196。

五味」。〔註15〕

上述多樣的二元對待關係，其最終皆可歸於以「陰陽」爲根源的二元對待。如《周易》所云「一陰一陽之謂道」〔註16〕或《老子》所謂「萬物負陰而抱陽」〔註17〕，皆指出陰陽二元對待的根源性。陳滿銘曾說：

> 從對待多數的「兩樣」（二）中提煉出源頭的「剛柔」
> （陰陽），而成爲「剛柔（陰陽）的統一」（《易傳》），呈現
> 的是「『多』（多樣事物、多樣對待）、『二』（剛柔、陰陽）、
> 『一（○）』（統一）」的過程，這是逐漸由「有象」（委）而
> 追溯到「無象」（源）的，很合於歷史發展的軌跡。〔註18〕

此又更明確點出「陰陽（剛柔）二元對待」在宇宙生成規律中的關鍵地位。章法既合於宇宙自然的規律，其必然存在著「陰陽（剛柔）二元對待」的關係。以章法類型來說，現存章法中，調和性章法如「賓主法」、「情景法」等，就其自成陰陽的結構而言，是屬於同類相從的二元對待；而對比性章法如「正反法」、「抑揚法」等，其自成陰陽的結構則屬於異類相應的二元對待；至於中性章法如「圖底法」、「今昔法」等，則兼具同類相從與異類相應的特色，以形成其二元對待。由此可知，宇宙中「同類相從」與「異類相應」的對應關係，是章法之「調和」與「對比」的重要淵源。

（二）審美心理之和諧原則與對立原則

「審美探究心理」是人類與生俱來的本能，它是人（審美主體）對於審美對象（審美客體）的探究慾望和所作的探索思維活動，基本上可分爲「求同心理」與「求異心理」兩大類型。〔註19〕「求同心理」

〔註15〕關於《老子》思想中「同類相從」與「異類相應」的論述，可參閱第三章「章法風格的哲學基礎」的歸納資料。

〔註16〕見《易·繫辭上》。

〔註17〕見《老子》第42章。

〔註18〕見陳滿銘〈論「多」、「二」、「一（○）」的螺旋結構—以《周易》與《老子》爲考察重心〉，收錄於《章法學綜論》，頁493。

〔註19〕參見邱明正《審美心理學》，頁95。

主要根源於「和諧原則」，而「求異心理」則來自「對立原則」。邱明正曾分析「和諧原則」提到：

> 所謂和諧原則就是在矛盾中求得協調一致、和諧統一的原則。具體地說，就是人們審美、創造美時所遵循的在審美客體之間，客體各要素之間，客體與主體之間以及主體心理要素之間，從差異、矛盾、對立中發現其內在同一性，從而使矛盾雙方趨於協調一致、和諧統一的原則。〔註20〕

任何事物皆有其差異性與矛盾性，而「求同心理」卻是要從這些差異與矛盾之中，尋求其內在的同一性，使矛盾的雙方最後達到「和諧」的狀態，這是人類所共同追求的目標，也是審美心理中最理想的境界。

至於「對立原則」，邱明正也談到：

> 審美中的對立原則就是矛盾原則、相反原則，又稱「對比原則」、「矛盾的衝動」，是與通常的觀念、情感、行為相對立的原則。……對立原則是審美創造美心理運動中具有極大普遍性的原則，是探求、確立審美客體之間，審美主體與客體之間，主體審美心理要素、功能之間的差異、矛盾、對立又有內在統一性的原則。〔註21〕

審美的「求異心理」就是在凸顯事物之間的差異與矛盾。若從藝術創作的角度來看，我們通常會透過反襯、對偶、烘托的手法來凸顯藝術形象的「動與靜」、「張與弛」，以至於具體的線條的「粗與細」、色彩的「濃與淡」、節奏的「快與慢」等特性，這些特性之間的差異與矛盾，具有突出作品之形象與意境的積極作用。值得一提的是，「對立原則」雖然在探求事物的差異與矛盾，其主要仍是以追求「內在的統一性」為最終目標。

由此可知，我們追求「調和之美」，實源於人類的「求同心理」；而「對比之美」則來自於人類的「求異心理」。求同與求異的審美心理，確實可作為「調和之美」與「對比之美」的心理基礎。

〔註20〕見邱明正《審美心理學》，頁112。
〔註21〕見邱明正《審美心理學》，頁93-94。

二、調和、對比與陰柔、陽剛之關係

有關於對比、調和與陽剛、陰柔之間的聯繫，我們在第二章曾有簡略的論述。陳雪帆分析美學上的調和與對比之形式提到：

> 凡是調和的兩件東西，總是互相類似的，並無什麼觸目的變化。所以我們接觸到它時，也就每每覺得它有融洽、優美、鎮靜、深沈等情趣。……對比的形式，因爲變化極明顯，每每帶有華美、鮮活、健強及闊達等情趣。〔註22〕

所謂「融洽、優美、鎮靜、深沈」等情趣，我們一般歸之於「陰柔」之美，而「華美、鮮活、健強及闊達」等情趣，則趨近於「陽剛」之美。所以歐陽周、顧建華、宋凡聖等《美學新編》在談論對比與調和時特別強調：

> 多樣與統一，一般表現爲兩種基本型態：一是對比，二是調和。對比指的是具有顯著差異的形式因素的對立統一。……這種對立因素的統一，可收到相反相成、相得益彰的效果。……由對立因素的統一所造成的形式美，一般屬於陽剛之美。……調和，指的是沒有顯著差異的形式因素之間的對立統一。它只有量的區別，是一種漸變的協調，並不構成強烈的對比。……由非對立因素的統一造成的形式美，一般屬於陰柔之美。〔註23〕

美學上的「調和」與「對比」，以及風格中的「陰柔」與「陽剛」，皆符合宇宙生成之「二元對待」的規律。一般而言，具「調和」質性的事物，通常容易產生「陰柔」的美感，而具有「對比」質性的事物，則容易形成「陽剛」的美感。根據這樣的聯繫，再落實到章法風格來說，「調和性」的章法，通常容易形成「陰柔」的風格，而「對比性」的章法，就比較容易產生「陽剛」的風格。如果我們進一步結合章法之移位、轉位的概念來說，順向移位是以「陰」爲基礎而移向「陽」，故其勢趨於「陽剛」；逆向移位則以「陽」爲起點

〔註22〕見陳雪帆《美學概論》，頁 71-72。
〔註23〕見歐陽周、顧建華、宋凡聖等《美學新編》，頁 81。

而移向「陰」，其勢則趨於「陰柔」；至於轉位結構可能是以「陰」為起點先轉向「陽」，再拗回「陰」，其勢趨於陰柔，也可能是以「陽」為起點先轉向「陰」，再拗回「陽」，其勢則趨於陽剛。無論是陽剛或陰柔，都可能因為「調和性」的章法而使其勢趨弱，因「對比性」的章法使其勢趨強，其造成美感的程度亦有所差別，這是我們在探索章法風格時所不可忽略的重點。

三、從「調和」與「對比」論風格（美感）的鑑賞原則

如第二章的論述，章法類型可分為「調和性結構」、「對比性結構」與「中性結構」三種，它們以多樣的「二元對待」呈現在結構表中，最後歸結於核心結構之「二元對待」，對於風格的「陰柔」或「陽剛」的趨勢，均有決定性的影響。所以，在辭章鑑賞的過程中，「調和」與「對比」是必須著重考慮的兩個要素。試以實際的文學作品為例，以說明「調和之美」與「對比之美」對辭章風格的影響。如蘇軾的〈臨江仙〉云：

> 夜飲東坡醒復醉，歸來仿佛三更。家童鼻息已雷鳴。敲門都不應，倚杖聽江聲。長恨此生非我有，何時忘卻營營。夜闌風靜縠紋平。小舟從此逝，江海寄餘生。

蘇軾謫居黃州數年，這時期的文學創作每有抒發時不我與之嘆，然而也因性格之故，亦不乏超曠豁達之作，此篇〈臨江仙〉即其代表作之一。全詞記敘夜飲東坡之後的所見所感，上片寫景，敘述夜飲東坡，歸而不得其門，遂倚杖江邊的瀟灑情境；下片延續「倚杖聽江聲」的情境，進而抒發自己的身不由己的感嘆與厭倦世俗的落寞，末三句以景結情，表達自己亟欲寄託於江海的渴望。試分析其結構與移位、轉位之現象如下：

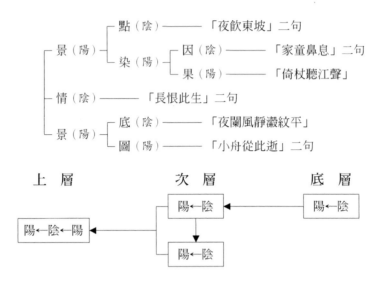

全詞以「景→情→景」爲核心結構，其轉位作用本來就已確定了全篇「剛中寓柔」的格調，而值得注意的是次層的「底→圖」結構，其順向移位凸顯了陽剛的力量，從其意象上來看在廣闊平靜、無波無瀾的江面之上，小舟中詞人的心境是起伏難平的，而開闊縹緲的江面又更凸顯了舟船的渺小，故其「底」與「圖」的關係是呈現對比狀態的，因此更增強了陽剛的力度，這對於全篇風格「剛中寓柔」的態勢有更明顯的助益。可見此篇「底→圖」結構之對比性對於風格的影響極大。

又如姜夔的〈念奴嬌〉云：

> 鬧紅一舸，記來時嘗與鴛鴦爲侶。三十六陂人未到，水佩風裳無數。翠葉吹涼，玉容銷酒，更灑菰蒲雨。嫣然搖動，冷香飛上詩句。日暮青蓋亭亭，情人不見，爭忍凌波去。只恐舞衣寒易落，愁入西風南浦。高柳垂陰，老魚吹浪，留我花間住。田田多少，幾回沙際歸路。

這首詞是姜夔泛舟西湖，爲歌詠歌詠荷花而作。詞的上片以「揚筆」描寫荷花的神態，透過各種景物之動態與靜態的描寫，凸顯荷花「嫣

然搖動」的丰姿；下片轉入「抑筆」，藉由「高柳垂陰」、「老魚吹浪」等景物的烘托，凸顯出擔心荷花凋零的愁緒及依戀荷花的特殊情感。試分析其章法結構與移位、轉位之現象如下：

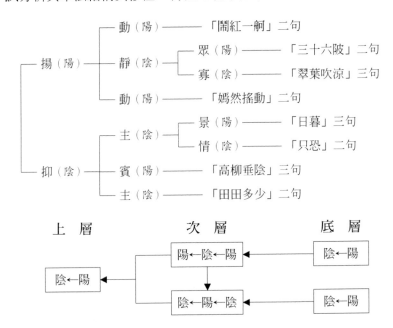

底層的「眾→寡」結構與「景→情」結構，兩者皆為逆向移位，其陰柔之勢較為明顯，因其「調和」的質性，所以陰柔的力度並不甚強；次層有兩個轉位結構，一趨於陽剛，一趨於陰柔，而「賓主」本為調和性章法，「動靜」在此詞的內容亦屬調和之二元對待，故次層的陰柔與陽剛之力度剛好趨近於平衡；上層為全篇之核心結構，其「陽→陰」的逆向移位本來就凸顯了陰柔的力量，再以「抑揚」章法之對比質性，使此一陰柔之勢更為強大，也決定了此詞呈現「柔中寓剛」的風趣。可見「抑揚」章法的對比性，是影響這首詞趨於陰柔之風的重要因素。

　　再如蘇軾的〈望江南〉云：

　　春未老，風細柳斜斜。試上超然臺上看，半壕春水一城花。

　　　煙雨暗千家。寒食後，酒醒卻咨嗟。休對故人思故國，且將
　　　新火試新茶。詩酒趁年華。

這是蘇軾謫居黃州時登超然臺的感懷之作。詞的上片寫景，下片抒
情，頗符合傳統詞作的模式。試分析其結構表與移位、轉位之現象如
下：

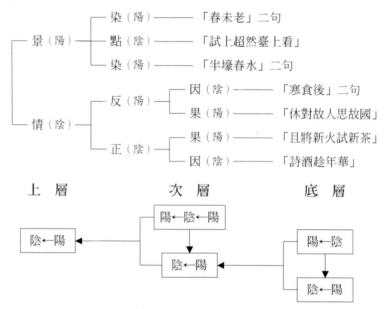

　　結構表共分三層，每一個結構單元皆爲自成陰陽的對待關係。愈
上層的結構，力度愈大，影響風格的成分也愈強。底層以「因果」章
法形成一順、一逆的移位，由於都是調和性的結構，又居於底層，故
其陰陽的力量對於整體風格影響不大；次層的「染→點→染」結構是
形成陽剛之勢的轉位，其力度非常強烈，而另一個「反→正」結構不
僅是逆向移位，其「對比」質性更增強了陰柔的力度，再加上上層「景
→情」結構之逆向移位所形成的陰柔之勢，足以將次層的陽剛之勢拉
回。可知次層的「反→正」結構雖不是核心結構，但是其「對比」的
質性對於全篇風格趨於「剛柔相濟」是有極大影響的。

　　上述三首作品的分析，我們結合了「多樣」之移位、轉位的作用，

來說明「二元對待」之調和、對比在整體風格鑑賞中的定位，也確實印證了調和與對比的美感，對風格之陽剛或陰柔的影響。至此，我們由「多」而「二」的鑑賞脈絡已逐漸明朗，勢必進一步徹上於「一（○）」，以建立一套完整的風格（美感）鑑賞原則。吳功正在論述「陰陽二元對待」之關係時提到：

> 由於陰陽二元作為美學範疇的基因存在，其功能、關係、動性特徵，便規範了中國美學在對立的相摩相蕩中獲得力量和氣勢，使得中國美學範疇的組合、構成，避免了靜態化，而導向動態性。……由一個最簡括的範疇模式：陰陽，繁孵衍化出眾多的美學範疇：言與意、情與景、文與質、濃與淡、奇與正、虛與實、真與假、巧與拙等等，顯示出中國美學的一個顯著特徵：擴散型；又顯示出中國美學的另一個顯著特徵：本源不變性。〔註24〕

這裡明白指出「言與意」、「情與景」、「文與質」、「濃與淡」、「奇與正」、「虛與實」、「真與假」、「巧與拙」等範疇，皆與「陰陽二元」有關，同時更指出「陰陽二元」既具有「擴散」的特質（徹下），亦具有「本源不變性」的特徵。由此可知，陰柔（調和）與陽剛（對比）在美感鑑賞上是非常重要的，也凸顯了「陰陽二元」之「二」，在「多」與「一（○）」之間，具有關鍵聯繫的地位。〔註25〕

第三節　章法風格的統一與和諧之美

「統一（和諧）」是美感形式中的最高境界，同時也是藝術鑑賞的最終目標。從「多、二、一（○）」的結構來看，統一（和諧）屬於「一（○）」的範疇，它不僅統括了宇宙中的繁多，更是二元對待（調和或對比）在衝突、融通之後所呈現的和諧狀態。本節除了探討

〔註24〕見吳功正《中國文學美學》下卷（南京：江蘇教育出版社，2001年9月第1版），頁785。

〔註25〕關於「陰陽二元」在「多、二、一（○）」結構中的地位，可參見陳滿銘《章法學綜論》，頁365。

統一與和諧的美學淵源之外，更試圖從「多→二→一（○）」的脈絡來確定「統一（和諧）」在整體美感中的地位與價值，以建立一套完整的辭章風格（美感）鑑賞系統。

一、統一與和諧的美學淵源

統一與和諧是人類所追求之最高的美感形式，它既合於宇宙生成規律的「統一原則」，也與美學中所普遍討論之「多樣統一」有密切關係。我們試從哲學與美學的角度，探討統一（和諧）的美學淵源如下。

（一）宇宙生成規律中的「統一」原則

古人對於宇宙中的「統一」原則討論極多，在中國古代中國哲學中，即以「和」與「同」的概念來詮釋宇宙的「統一」原則。

在《國語・鄭語》中，曾記載史伯爲鄭桓公論周朝興衰，他認爲周朝衰弊之因在於周王「去和而取同」，並具體地從四支、五味、六律、七體、八索、九紀到十數、百體、千品、萬方、億事、兆物、經入（或作京，爲萬兆）、垓極（萬萬兆），體認到事物具備多樣性與多元性的衝突融合。文中又特別指出：「以他平他謂之和，故能豐長而物歸之」。就是這種多樣事物的融突，所以「和」才能豐長萬物；相對地「同」則是無差別的絕對等同，是相同事物的相加，不能產生新的事物，而萬物也就不能繼續發展。〔註26〕

後來在《左傳・昭公十二年》也曾記載晏嬰對「和與同異」的論述。他認爲「和」是對立事物的相反相成，「同」則是相同事物的簡單相加或同一；同時又指出「清濁、小大、短長、疾徐、哀樂、剛柔、遲速、高下、出入、周疏」之「相濟」，如此進一步呈現了多樣性中的「對待」關係，形成「二」的雛形。〔註27〕

〔註26〕 參見易中天《新譯國語讀本》（臺北：三民書局，1995年11月初版），頁707-708。

〔註27〕 參見洪順隆《左傳論評選析新編》（臺北：中國文化大學出版部，1982年10月初版），頁915。

　　上述關於史伯與晏嬰的說法，均強調「和」是萬物生長的原動力，也是天地萬物變化融通之後的最終歸屬。故後世就有進一步以「中和」之概念來詮釋「統一」的原則，其中最明顯的就是《中庸》的論述。其言：

> 喜怒哀樂之未發謂之中，發而皆中節謂之和。中也者，天下之大本也；和也者，天下之達道也。致中和，天地位焉，萬物育焉。〔註28〕

《中庸》進一步闡發前人對於「和」的詮釋，結合了「中」的概念，展現了宇宙「由本而末」的生成脈絡。具體地說，《中庸》以「中」為宇宙混沌之起點，其以性情中的「喜怒哀樂」為喻，就已經指明宇宙原本之「多樣」變化的態勢；以「和」為宇宙生成之終點，用「發而中節」來說明「和」具有融通萬物，以達於統一、和諧的特質。這個「和」，並非停滯或靜止，而是具有不斷創生、不斷長養萬物的無限動力，故其謂「致中和，天地位焉，萬物育焉」可說是結合前人智慧，建構了一個符合宇宙生成規律的哲理。

　　關於「統一」原則的論述，在先秦百家的思想中，仍有更完整的解釋，如《周易》所言：

> 一陰一陽之謂道。(《易·繫辭上》)
>
> 窮則變，變則通，通則久。(《易·繫辭上》)
>
> 乾坤其易之門邪！乾，陽物也；坤，陰物也。陰陽合德而剛柔有體，以體天地之撰，以通神明之德。(《易·繫辭下》)

《周易》以「陰陽」為萬事萬物變化之根源，宇宙之源就在其各自的「陰陽」相交、相對與相和之中，變而通之，通而久之，繼而創生萬物，以達道統一（和諧）的境界。如陳望衡所分析的：

> 《周易》中的陰陽理論強調的不是相反事物的對立，而是相反事物的相交、相和。《周易》認為，陰陽相交是生命之源，新生命的產生，不在於陰陽的對立，而在陰陽的

〔註28〕見《禮記·中庸》第三十一，（阮元刻十三經注疏本，卷五十二）。

　　　　交感、統一。〔註29〕

《周易》所論述的「統一」，不僅涉及多樣事物的變化，其「陰陽二元」的概念，所強調的是一種「對立的統一」的形式，也就是「陰陽（剛柔）相濟」的統一。

　　又如《老子》所言：

　　　　道生一，一生二，二生三，三生萬物。（第42章）

　　　　人法地，地法天，天法道，道法自然。（第25章）

　　　　反者道之動，弱者道之用。天下萬物生於有，有生於無。（第40章）

　　　　萬物並作，吾以觀其復；夫物芸芸，各復歸其根。（第10章）

綜合這幾章的論述，可見《老子》所說的「道」就是「無」，「一」就是「有」，而「道生一，一生二，二生三，三生萬物」，實已展現宇宙之「（○）一→二→多」的生成脈絡；而在「反者道之動」的原理之下，宇宙萬物又有「各復歸其根」的規律，所以「人法地，地法天，天法道，道法自然」則又呈現了宇宙之「多→二→一（○）」的復歸歷程。在這個周行不殆，循環往復的運動中，「一（○）」代表著宇宙混沌的起點，也代表其生成之終點，更是策動整個宇宙不斷循環的重要力量。陳滿銘認爲，這種宇宙的「多」、「二」、「一（○）」的循環，是一種「螺旋結構」。他說：

　　　　「（○）一→二→多」與「多→二→一（○）」的順逆向過程之所以能接軌，是由於「反」的作用，而它就是宇宙人生的一個重要規律，所謂「物極必反」，說的就是這種作用。大體說來，這個「反」，就是一切變化的動力，使變化由「相反」而「返回」而「循環」，形成一個螺旋式歷程。〔註30〕

────────────

〔註29〕見陳望衡《中國古典美學史》，頁182。

〔註30〕陳滿銘曾針對《周易》、《老子》及《中庸》等哲學典籍，分析其「多」、「二」、「一（○）」的螺旋結構。見〈論「多」、「二」、「一（○）」的螺旋結構—以《周易》與《老子》爲考察重心〉，收錄於《章法學綜

可見我們在追溯宇宙生成規律的「統一」原則時，不僅要兼顧「多」（秩序與變化）與「二」（聯貫）的規律，更必須提升到「多」、「二」、「一（○）」的螺旋結構來看，才能尋求「一（○）」（統一）的眞正特質與定位。

綜上所述，統一與和諧之美確實淵源於宇宙生成規律之「統一」原則，而中國哲學在詮釋「統一」的概念時，首先運用了「和與同異」的觀點，強調宇宙萬物的統一是一種融通衝突、對立等形式而成，具有變化萬物的動力；及至《中庸》、《易傳》及《老子》等思想的出現，更進一步從宇宙整體的生成變化，來詮釋「統一」的定位，具體呈現了一個宏觀、周遍的「多→二→一（○）」結構，並確立「統一」具備了涵融萬物變化與協調對立衝突的力量。

（二）美學中的「多樣統一」（Unity in Varity）

西方美學從希臘、羅馬時期到文藝復興，以至於後來的啓蒙運動階段，其思想基本上形成了兩大系統，一是主張先驗的理性是客觀世界與人類知識的基礎，另一系統則認爲物質是獨立存在，主張一切知識都是從感性經驗開始。前者形成了理性主義，而後者則是經驗主義的主要內涵。〔註31〕這兩大主義在近代西方美學史上曾有尖銳的爭論與鮮明的對立，直到啓蒙運動的後期，才有學者試圖調和兩者的差異與衝突。

在德國古典美學的發展中，康德（Kant，1724～1804）首先提出了理性主義與經驗主義必須調和的主張，他企圖在「主觀唯心主義」的基礎上，建立一個「先驗綜合」的批判體系，認爲在知（哲學）、情（倫理學）、意（美學）三方面都必須達到理性主義和經驗主義的調和，但實際上，康德的「先驗綜合」表面上雖然是理性與

論》，頁 494。以及〈《中庸》「多」、「二」、「一（○）」螺旋結構論〉，收錄於《經學論叢》第三輯，2003.12，頁 214-265。

〔註31〕 參見朱光潛《西方美學史》（臺北：頂淵文化公司，2001 年 6 月初版）下卷，頁 4。

感性並重，其「知」、「情」、「意」等三大批判仍是側重於理性的。〔註32〕

其後席勒（Schiller，1759～1805）在康德思想的基礎上，進一步發展「審美統一」的理論。他認爲，感性衝動的對象叫做「生活」，理性衝動的對象叫做「形象」，而遊戲衝動的對象叫做「活的形象」，也就是「美」。〔註33〕其所謂「活的形象」，就包含了感性與理性的統一，物質質料（內容）與形象顯現（形式）的統一，客體與主體的統一。他這種透過遊戲衝動及其對象，來達到感性與理性的統一，其實已將兩者統一在客觀的美與藝術之中，相較於康德以「主觀唯心主義」爲基礎所闡釋的「先驗綜合」，席勒則開始向「客觀唯心主義」的方向過渡。〔註34〕

與席勒同時的歌德（J．W．Goethe，1749～1832）又特別強調藝術的完整性。他一方面主張藝術是形式、材料與意蘊的互相結合、互相滲透，另一方面又闡明「風格」是藝術的最高成就。他認爲，「純然嚴肅」的藝術與「純然遊戲」的藝術均爲片面，眞正理想的藝術應是「嚴肅與遊戲的結合」，而「純然嚴肅」的藝術側重於內容，「純然遊戲」的藝術側重於形式，「風格」或理想的藝術卻是一個內容與形式互相結合的整體。朱光潛曾說：

> 歌德的「顯出特徵的整體」說著重從客觀現實與具體事物出發，要求理性與感性的統一，主觀與客觀的統一，自然性與社會性的統一，藝術與自然的統一，內容與形式的統一，以及古典主義與浪漫主義的統一，所以他的文藝思想含有辯證的因素。〔註35〕

〔註32〕參見朱光潛《西方美學史》下卷，頁 6。
〔註33〕席勒的《論美書簡》第 15 信提到：「遊戲衝動的對象，還是用一個普通的概念來說明，可以叫做活的形象；這個概念指現象的一切審美的性質，總之，指最廣義的美。」轉引自朱光潛《西方美學史》下卷，頁 100。
〔註34〕參見曹俊峰《西方美學通史》第四卷，《德國古典美學》，頁 390-473。
〔註35〕見朱光潛《西方美學史》下卷，頁 83。

這裡點出了歌德所詮釋的「統一」之美是從現實客觀的事物出發的，他特別強調藝術必須符合人類「單一的雜多」之特性，其思想比康德、席勒更爲明確進步。

德國古典美學發展至黑格爾（G．W．F．Hegel，1770～1831）而達於高峰。黑格爾的哲學思想是一個包羅萬象的「客觀唯心主義」體系，他根據自己所強調的「絕對精神論」，發展出一套理念運動的基本規律，即「正、反、合」三階段的辯證模式。根據這三階段模式，他更進一步發展出「存在（正）→ 本質（反）→ 概念（合）」的邏輯序列、「機械性（正）→ 物理性（反）→ 有機性（合）」的自然規律、以及「主觀精神（個人意識）→ 客觀精神（社會制度與意識）→ 絕對精神」的精神活動，而邏輯的建構、自然的揚棄以及返回精神層次的過程，又是「正（概念）→ 反（否定）→ 合（否定之否定）」的三階段辯證模式。黑格爾把哲學上絕對精神的抽象把握，化爲藝術美具體形象的實現。他強調「感性與理性」是有機的統一，同時也強調理性對感性有決定作用；再進一步深化，「內容」是理性因素，而「形式」就是感性形象，在藝術美中，「內容與形式」也是有機的統一，而內容決定了形式；他希望美感的統一能夠是「主觀與客觀」的統一，以達到「和悅、靜穆的理想情調和境界」〔註36〕。

黑格爾在理性決定感性的前提之下，將多樣對立的統一發展得最爲完整，而近代的克羅齊（Benedetto Croce，1866～1952）所強調的「直覺」說，重現浪漫主義所謂感性重於理性的觀點，等於是從康德與黑格爾所到達的地方倒退了一大步。〔註37〕而德國古典美學雖然極力克服感性與理性的對立，以追求統一，但是也囿於唯心主義的成見，終究無法認清多樣統一中所謂「二」的定位。

因此近年中國對於西方美學中的「統一」概念，仍只是停留於「多樣統一」的轉述，如楊辛、甘霖所云：

〔註36〕 參見曹俊峰《西方美學通史》第四卷，《德國古典美學》，頁 670-678。
〔註37〕 參考朱光潛《西方美學史》下卷，頁 300-301。

「多樣統一」是形式美法則的最高形式，也叫和諧。
從單純齊一，對稱平衡到多樣統一，類似一生二、二生三、
三生萬物。多樣統一體現了生活、自然界中對立統一的規
律，整個宇宙就是一個多樣統一的和諧的整體。「多樣」體
現了各個事物的個性的千差萬別，「統一」體現了各個事物
的共性或整體聯繫。〔註38〕

又如陳雪帆亦提到：

我們覺得美的對象最好一面有著鮮明的統一，同時構
成它的要素又是異常的繁多。卻又不是甚麼統一與否定了
統一的繁多相並列，而是統一即現在繁多的要素之中的。
如此，則所謂有機的統一就成立。能夠「統一為繁多的統
一，而繁多又為統一的分化」。既沒有統一之流弊的單調板
滯，也沒有繁多之流弊的厭煩與雜亂。所以古來所公認的
形式原理，就是所謂「繁多的統一」（Unity in Variety），或
譯為多樣的統一，亦稱變化的統一。〔註39〕

其謂「統一為繁多的統一，而繁多又為統一的分化」說明了「多」與
「一」之間的循環互動，也強調「有機的統一」才是一個充滿循環與
生機的規律，但畢竟沒有凸顯「多樣」與「統一」之間的細部聯結。

陳滿銘以中國「陰陽二元對待」的哲學概念，試圖融入西方美學
「多樣統一」的系統，以形成「（○）一、二、多」和「多、二、一
（○）」的結構，他強調：

從多樣的「二元對待」中提煉出「剛柔（陰陽、仁義）」
來統合，在「多樣」與「統一」之間，搭起一座「二」（二
元對待—剛柔、陰陽、仁義）的橋樑，以發揮居間收、散
之樞紐作用，並且特別凸顯出「一（○）」的創生原動力，
增加了「有理可說」的可能。〔註40〕

〔註38〕見楊辛、甘霖《美學原理》（北京大學出版社，1989 年 2 月第 1 版
四刷），頁 161。
〔註39〕見陳雪帆《美學概論》，頁 78。
〔註40〕見陳滿銘〈論「多」、「二」、「一（○）」的螺旋結構—以《周易》與
《老子》為考察重心〉，收錄於《章法學綜論》，頁 506。

在近代西方美學的發展中，對於「統一」概念仍是眾聲喧嘩，莫衷一是；而以中國哲學中雖強調「二元對待」，卻仍沒有提出以「陰陽」為「二」的概念，來聯繫「多樣」與「統一」，陳滿銘所提出的「陰陽二元」，或能解決其模糊混淆的灰色地帶。從此結構來看，唯有符合「多、二、一（○）」結構的統一，才是完整而真實的「多樣統一」。

二、統一與和諧的美感效果

根據上述「統一」與「和諧」的淵源探索，我們發現，兼融宇宙多樣、多變（多），並涵蓋各種對立、調和（二）的形式美，才是真正的「統一」之美。

從章法風格「多、二、一（○）」的結構來說，辭章之中每一輔助結構皆自成「陰陽二元對待」的關係，透過移位（秩序）與轉位（變化）的作用，各產生陰柔或陽剛的節奏，此為「多」；結構表中所有的輔助結構，透過核心結構的統合，最後形成一個最核心的「陰陽二元對待」，以凸顯辭章中最主要的陰柔或陽剛的韻律，此為「二」；核心結構的「陰陽二元對待」徹上歸於核心之情理（主旨），由核心的主旨統一全篇，此為「一」，至於「一」中的「（○）」，指的是辭章當中的風格、韻律、氣象、境界等抽象力量，這種抽象力量，又與「剛」（對比）、「柔」（調和）有密切的關係。可見章法風格的「統一與和諧」之美是在「移位與轉位」之美（多），以及「調和與對比」之美的基礎上建構起來的。陳滿銘曾針對章法風格的「統一與和諧」之美分析提到：

> 「統一與和諧」之美，亦即「（○）」之美，是統合了
> 「多」、「二」、「一」所形成的；而「多」、「二」、「一」之
> 美，則依歸了「（○）」而呈現的，這就說明了此種「多、二、
> 一（○）」結構美與風格美之一體性。〔註41〕

〔註41〕見陳滿銘《章法學綜論》，頁365。

可見章法風格的「統一與和諧」之美，是包含其結構與風格等範疇的美感效果而成，也印證了美學中「多樣統一」所強調的「有機統一」與「變化統一」的重要特徵。

此外，專就「（○）」來說，它是依屬於辭章中的核心情理所呈現的抽象力量。以風格來說，就是「陽剛」或「陰柔」的內在律動。一般而言，凡雄渾、勁健、豪放、壯麗等風格都可歸入陽剛之類，而含蓄、委曲、淡雅、高遠、飄逸等風格則可以歸入陰柔類，以姚鼐所提出的「糅而氣有多寡進絀」〔註42〕的理論來說，辭章之中即混雜了陰柔之氣與陽剛之氣，其比例有多有少，有消有長，就在剛與柔的「多寡進絀」之間，形成了各種風格的變化。這些變化多樣的風格落實於辭章當中，可能不是以單一的形式呈現的，也就是說，具體辭章的風格可能是偏於「雄渾」，可能是偏於「含蓄」，更可能是兼融「雄渾」、「豪放」、「含蓄」、「淡雅」等多樣風格於一體。但是無論其變化如何多樣，最終仍是以「剛」、「柔」爲基礎而形成的「剛中寓柔」、「柔中寓剛」或「剛柔相濟」來統一，這就是風格的「統一與和諧」之美。由此可知，雄渾、勁健、豪放、壯麗、含蓄、委曲、淡雅、高遠、飄逸等形式，是風格中的「多」；「陽剛」與「陰柔」則爲風格中的「二」；至於「剛中寓柔」、「柔中寓剛」或「剛柔相濟」的形式，則是風格中的「一（○）」。其基本上仍符合了「多、二、一（○）」的結構，故章法風格可謂涵融了章法與風格之「多、二、一（○）」的脈絡，其所建立的「統一與和諧」之美，不僅合於宇宙自然的規律，更合乎辭章風格的鑑賞原則。

三、從「統一」與「和諧」談風格（美感）的鑑賞原則

爲建立一套客觀、理性的辭章風格（美感）鑑賞系統，我們不僅談及「統一與和諧」之美，更須從「多、二、一（○）」結構的脈絡，

〔註42〕 見姚鼐〈復魯絜非書〉，見《惜抱軒文集》，卷六。收錄於《四部叢刊》影原刊本。

來確立風格（美感）鑑賞的具體原則。茲以實際的文學作品爲例，以梳理出具體的原則如下。

如姜夔的〈鷓鴣天〉云：

> 憶昨天街預賞時，柳憐梅小未教知。而今正是歡游夕，卻怕春寒自掩扉。簾寂寂，月低低，舊情惟有降都詞。芙蓉影暗三更後，臥聽鄰娃笑語歸。

這是姜夔在元宵之夜於杭州的有感之作。作者在心境上是以他人之「歡游」反襯一己之愁思，同時又藉由「絳都詞」所反映的元夕，與行都臨安的燈節相互對照，凸顯了深沈的憂時之感與故國之思。茲分析其結構與移位、轉位現象如下：

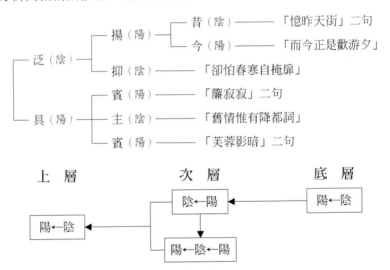

從各個輔助結構來看，底層有一個順向移位，次層有一逆向移位及一趨於陽剛的轉位，比較各個結構的陰陽進絀，可以明顯看出多樣結構中的陽剛之氣；而上層的核心結構之二元對待又是順向移位，其勢又趨於陽剛；再配合其「憂國傷時」的主旨，全詞呈現「剛中寓柔」的內在律動是非常明顯的。我們從結構表中看到了移位與轉位作用所產生的節奏之美，也看到其核心結構的陰陽對待所呈現的陽剛之美，可

見全詞「剛中寓柔」的統一風格亦同時兼具了「多樣」與「二元」的美感。

又如蘇軾的〈江城子〉云：

> 翠娥羞黛怯人看。掩霜紈。淚偷彈。且盡一尊，收淚聽陽關。漫道帝城天樣遠，天易見，見君難。畫堂新刱近孤山。曲闌干。爲誰安。飛絮落花，春色屬明年。欲棹小舟尋舊事，無處問，水連天。

這是蘇軾爲送別友人陳述古而作。作者藉由歌妓彈淚送別的場景，以及分離之後獨倚闌干、孤舟泛江的設想，形成「先實後虛」的結構，也帶出了幽怨纏綿的離別之情。茲分析其結構與移位、轉位之現象如下：

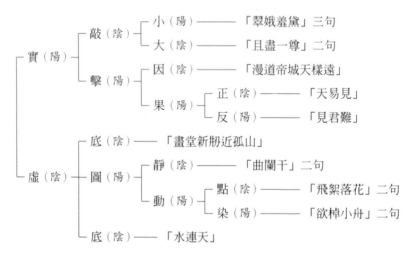

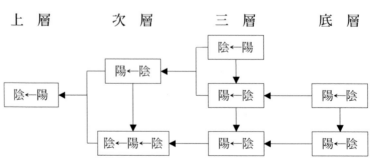

　　檢視全詞的輔助結構，底層的兩疊順向移位所凸顯的陽剛之勢並不明顯，而三層的三個移位作用又呈現陰陽互濟的態勢，次層的順向移位，其陽剛之力度遠弱於另一個趨於陰柔的轉位，在所有輔助結構的陰陽進紬中，我們可以很明顯地看出「陰柔之氣」佔了極大的優勢。徹上於核心結構，其逆向移位的二元對待又凸顯了陰柔的力量。再配合主旨所表達的「幽怨纏綿的離情」，全詞呈現「柔中寓剛」的韻律是可以被確定的。在這首詞中，我們同樣看到了各個輔助結構所呈現之多樣節奏（陽剛或陰柔），也看到核心結構之二元對待所形成的陰柔之美，故此詞「柔中寓剛」之風格仍是具備了「多樣統一」的美感。

　　又如姜夔的〈永遇樂〉所云：

> 雲隔迷樓，苔封很石，人向何處。數騎秋煙，一蒿寒汐，千古空來去。使君心在，蒼崖綠嶂，苦被北門留住。有尊中酒、差可飲，大旗盡繡熊虎。前身諸葛，來游此地，數語便酬三顧。樓外冥冥，江皋隱隱、認得征西路。中原生聚，神京耆老，南忘長淮金鼓。問當時、依依種柳，至今在否。

這是姜夔次辛稼軒〈北固樓詞〉韻的作品。起筆實寫北固樓的周遭景色與使君（辛稼軒）即將出征的英勇氣概，透過北固樓外蒼茫遼闊的景致，凸顯辛稼軒即將遠赴前線，為國抗敵的豪情壯志，其「賓→主→賓」的結構形式，營造了氣宇恢弘的意象；收拍轉入虛寫，設想中原百姓引領企望的心情，尤其結句虛想北方的「依依種柳」，更營造一種秀雅的情致。辛詞主要是抒發登臨懷故之情與個人獻身復國的雄心，而姜夔則呼應原韻，以古人古事激勵這一位抗金老將，並頌揚他愛國的風節。〔註43〕茲分析其結構與移位、轉位之現象如下：

〔註43〕參見劉乃昌《姜夔詞新釋集評》（北京：中國書店，2001 年 1 月第 1 版），頁 186。

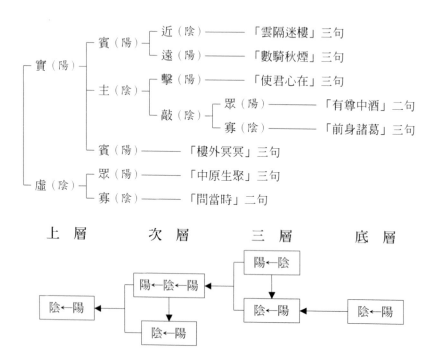

檢視上表各層的輔助結構，底層是逆向移位，其勢趨於陰柔，三層一順、一逆的移位，同樣凸顯陰柔的力量，次層趨於陽剛的轉位作用，其力度雖強於另一個逆向移位所形成的陰柔之勢，但是在陰陽相互消長的情形下，此一轉位所形成的陽剛的力量稍微被消弱；故上層的核心結構，其逆向移位之二元對待所凸顯的陰柔之勢，又再一次將次層的陽剛之勢拉回，使整體結構的陰陽比例趨於相近；如果我們再結合主旨來看，詞的前半以表現恢弘氣象、激發抗金情志爲主，故產生較明顯的陽剛之氣，而詞的後半落入虛想，旨在表達恢復中原的願望，所展現的是悠柔的關懷之情。可見主旨已涵融了豪壯與婉約的情致，與章法風格所呈現的「剛柔相濟」之律動非常契合。從結構表中，我們看到多樣輔助結構的陰陽迭宕之勢，也看到「先實後虛」之核心結構所涵融的陰陽律動，所以整體「剛中寓柔」的風格確實統合了多樣的融突與陰陽的二元對待，展現了統一與和諧的美感。

　　文學的創作是一順向的歷程，我們可以用「（○）一、二、多」的順向結構來說明辭章創作的軌跡；而文學鑑賞是一種逆推的功夫，它符合了「多、二、一（○）」逆向結構的脈絡。辭章風格的分析既是文學鑑賞中的重要一環，最能運用「多、二、一（○）」的逆向結構來呈現風格的內在邏輯。我們進一步就「章法風格」的分析來說，其「統一與和諧」之美（一（○）），應是涵融了「移位與轉位」（秩序與變化、多）及「調和與對比」（陰陽聯貫、二）的美感，才足以呈現其完整的風貌。因此，以章法來分析辭章的風格（或美感），除了可以兼顧辭章的邏輯思維與形象思維之外，更提供了一個以「多、二、一（○）」結構為主軸的風格（美感）鑑賞原則，這種客觀而具體的原則，可說是在「直覺、主觀之外，拓展了『有理可說』的無限空間」〔註44〕。

結　語

　　章法風格在「多、二、一（○）」結構的基礎上，產生了「移位與轉位」之美、「調和與對比」之美，以及「統一與和諧」之美。基於這三種章法風格的美感，足以建構一個完整的審美系統，以作為辭章風格的鑑賞原則。除此之外，我們更希望站在至高之處，以逆向的「多、二、一（○）」結構，還原作者的創作軌跡（「（○）一、二、多」），使鑑賞更能貼近作者的創作思維，以確立更準確、更具體的風格評價。

〔註44〕參見陳滿銘《章法學綜論》，頁328。

第八章　結　論

　　任何文學理論的建立，往往歷經時間的磨練與皓首窮經的研究，才可以建構其完整的體系。就「章法學」而言，同樣經歷了這些過程而逐漸呈現其清晰、周延的系統。陳滿銘曾說：「章法所探討的，為篇章的邏輯結構，是源自於人類共通之理則，亦即對應於自然規律來說的。所以一般創作者雖日用而不知、習焉而不察，卻很自然地反映在作品之上，而且也很早就受到辭章家的注意，不過他們所看到的都只是其中的幾棵『樹』，而一概不見其『林』。一直到晚近，經過多年努力的探究，才逐漸「集樹成林」，並確定它的原則、範圍和主要內容（含類別與模式），尋得它的哲學基礎和美感效果，建構了一個體系，而形成一個新的學門。」[註1]「章法風格」可說是章法學中的一棵樹，即使如此，它仍有無限開展的空間，透過本論文的論證，我們獲得了幾項有價值的成果：

一、聯繫「章法」與「風格」的關係

　　透過對每一種章法的心理基礎與美感效果的探討，我們可以確定，對比性章法（如「正反法」、「抑揚法」）容易形成對比的美感，其反差極大的質性，也直接影響到辭章的陽剛風格；而調和性章法（如

〔註 1〕　見陳滿銘《章法學綜論》（臺北：萬卷樓，2003 年 6 月初版），頁 002。

「賓主法」、「情景法」）容易形成調和的美感，其沈靜、穩定的的特性，亦與辭章的陰柔之風有密切關聯。透過對風格品類的分析及其哲學基礎的探索，我們不僅確定「陽剛」與「陰柔」的母性風格，更發現章法的「對比」與「調和」，風格的「陽剛」與「陰柔」有其共通的心理基礎與哲學根源。根據這種聯繫，我們可以更深入分析章法的對比或調和，對於辭章之陽剛或陰柔的影響。具體而言，每一種章法結構均可自成「陰陽二元」的對待關係，而對比性的章法結構形成了「陰陽對立」關係，透過移位或轉位的作用，可能增強其陽剛或陰柔的力量；至於調和性章法結構則形成「陰陽調和」的關係，透過移位或轉位的作用所產生的陽剛或陰柔之氣，也較爲緩和。可見確立每一種章法之對比或調和的質性，對於辭章風格的陽剛或陰柔有某些程度的影響，而聯繫「章法」與「風格」的關係，對於「章法風格」理論的建立，亦有莫大的幫助。

二、建立「章法風格」的哲學基礎

在瞭解「章法」與「風格」的密切關係之後，我們可以進一步建立「章法風格」的理論基礎。任何文學理論體系的建立必須追溯其合乎宇宙規律的根源，而思辨其哲學內涵則是最佳的途徑。

首先，從宇宙的陰陽規律來確認章法結構的陰陽定位。我們透過中國古代典籍的哲學思辨，並適度引用西方女性主義的理論，確定「陰先於陽」的規律，從而確認章法結構中，「陰→陽」爲順向，「陽→陰」爲逆向，以作爲分析章法之移位與轉位的重要依據。

其次，探索章法結構之移位與轉位的哲學基礎，以確認其合乎宇宙自然運行的規律，從而檢視其不同的節奏或韻律。具體而言，順向移位（陰→陽）容易產生趨於陽剛的節奏（韻律），其勢較爲緩和；逆向移位（陽→陰）容易產生趨於陰柔的節奏（韻律），其勢則較爲激盪；至於轉位可能產生趨於陰柔的力量（陰→陽→陰），亦可能產生趨於陽剛的力量（陽→陰→陽），其勢又更爲激盪強烈。這些移位

或轉位所形成的陽剛或陰柔的節奏（韻律），對整體辭章風格，有其重大的影響。

最後，簡述章法「多、二、一（○）」結構的哲學內涵，以作為探索風格的重要基礎。具體而言，章法結構中的各個輔助結構，形成其多樣的二元對待（多），最後由核心結構之二元對待來統攝（二），進而徹上於辭章之主旨及其整體的境界或風格（一（○））。

透過這三個層次的哲學思辨，我們已為「章法風格」的理論確立了一個完整而細密的體系。

三、實證「風格量化」在分析辭章上的可行性

一個文學理論的建構，除了必須追溯其哲學根源之外，還必須落到實際的文學作品中來印證，如此不斷地循環論證，不斷地修正改進，才能建構具有融通性與開展性的理論體系。就「章法風格」而言，其以「多、二、一（○）」結構為基礎，運用章法之「移位」、「轉位」的作用與「陰陽二元對待」的特性，分析辭章深層的陰（柔）陽（剛）律動，最後凸顯出整體辭章的章法風格，足以作為一般抽象評論的具體依據。此理論落實在辭章之中，大致可分出「剛中寓柔」、「柔中寓剛」及「剛柔相濟」等三種章法風格的類型，透過蘇軾詞與姜夔詞的具體證析，並與學者對兩家詞作的評論互相參證，不僅重新賦予蘇詞及姜詞更新的藝術特色，也證實了以「章法風格」來鑑賞辭章的途徑為可行，也就是在現有「直觀」的風格述評中，增加了客觀而具體的論據，對於辭章鑑賞的助益極大。

事實上，我們將章法風格分為「剛中寓柔」、「柔中寓剛」、「剛柔相濟」等三種類型，只是概括的分法；其實將辭章風格量化，以進一步細分風格的類型，是具有可能性的。﹝註2﹞也許，又能運用數學、物理學中的某些理論來印證辭章風格量化的可能性，這都是今後研究

﹝註 2﹞ 陳滿銘已試圖運用「風格量化」來分析辭章，可參見《章法學綜論》，頁 308-328。

章法風格值得深入探討的論題。

四、確立「章法風格」的美感效果

　　辭章風格的鑑賞，離不開其美感效果的探究，而「章法風格」是辭章風格的一環，更具有感染人心的具體力量，形成其特殊的美感。我們仍以「多、二、一（○）」的結構爲依據，發現了章法風格具備了「移位與轉位」之美、「調和與對比」之美、「統一與和諧」之美。

　　章法風格的「移位與轉位」之美，源自於「秩序與變化」的自然規律，同時我們又可以運用「結構與解構」的哲學思辨來詮釋這種美感效果的淵源；「調和與對比」之美，則源自於宇宙之「二元對待」的規律，同時又可以運用審美心理中的「和諧原則」與「對立原則」來探討其心理淵源；「統一與和諧」之美，當然與宇宙生成規律之「統一」原則有密切關係，而觀察西方美學中「多樣統一」之論述的流變，亦有助於我們探索其美學根源。

　　從其美學淵源的探究及美感效果的分析，我們發現這三種美感是不可分割的，它們同時出現在辭章的章法風格之中，以「多、二、一（○）」的結構形式，展現了章法風格特殊的美感效果，同時也提供了具體的鑑賞原則。

五、建立辭章風格的鑑賞原則

　　我們以章法「多、二、一（○）」的結構爲基礎，建立了章法風格的理論體系，同時也從蘇詞與姜詞等實際的作品中得到印證，而其美感效果的分析，更確立了章法風格的價值。當然，文學理論的建構，其最終目的是希望提供一個具體、有效的原則，以作爲文學鑑賞的重要參據。基本上，辭章的鑑賞就是一個「多→二→一（○）」的逆向過程，而章法風格的理論與實際作品的證析，最能符合辭章鑑賞的逆向脈絡，足以提供一個具體客觀的鑑賞原則。也就是說，章法風格運用章法結構的「移位」、「轉位」作用，找出每一結構趨於陽剛或陰柔

的節奏（韻律），而核心結構的「移位」或「轉位」所形成的陽剛或陰柔的節奏（韻律），具有統合其他輔助結構之陰陽的功能，可進一步結合辭章之主旨，融合出「剛中寓柔」、「柔中寓剛」或「剛柔相濟」的整體風格。我們在分析每一結構的節奏（韻律）時，又同時可以察見其局部與整體的美感，這對於辭章風格的見賞亦有莫大的助益。由此可知，「章法風格」的理論，不僅提供了具體的辭章風格（美感）的鑑賞原則，更可以運用其「多、二、一（○）」的結構，逆推作者的創作思維，又更能貼近辭章的眞貌。

六、貫串「章法學」與「風格學」的研究通路

「章法」與「風格」分屬辭章學的不同領域，在本質上仍有其相通之處。在「章法風格」的論體系中，我們運用章法的「對比」、「調和」，與風格的「陽剛」、「陰柔」串聯其關係，指出了兩大領域的基本共通性；而運用章法「多、二、一（○）」的結構，又能清楚分析辭章內在的陰陽律動，確立了「以章法來鑑定風格」的具體途徑，也同時搭起了「章法學」與「風格學」的橋樑。

「章法學」在陳滿銘及諸位前輩的辛勤耕耘之下，已建立了具備科學精神與哲學思辨的理論系統。〔註3〕在這個根深柢固、枝榮葉茂的「大樹」之中，「章法風格」雖只是其中的一個枝葉，然通過本論文的分析與論證，希望能開枝散葉，結出豐盛的果實，也深切期望以「章法風格」的研究爲起點，深化其更精細的理論，並作爲拓展辭章學研究的重要基礎。

〔註3〕 鄭頤壽先生云：「臺灣的辭章章法學體系完整、科學，已經具備成『學』的資格。」見〈中華文化沃土，辭章學圃奇葩─讀陳滿銘《章法學新裁》及其相關著作〉，收錄於《海峽兩岸中華傳統文化與現代化研討會論文集》，2002 年 5 月，頁 131-139。又王希杰云：「章法學已經初步形成一門學科，陳滿銘教授初步建立了科學的章法學體系。」見〈章法學門外閑談〉，見《國文天地》（209 期），2002 年 10 月，頁 97。

重要參考書目

（以作者姓氏筆劃爲序）

一、章法學研究專書

1. 仇小屏，《文章章法論》（臺北：萬卷樓圖書公司，1998 年 11 月初版）。
2. 仇小屏，《篇章結構類型論》（臺北：萬卷樓圖書公司，2000 年 2 月初版）。
3. 仇小屏，《古典詩歌時空設計美學》（臺北：文津出版社，2002 年 12 月初版）。
4. 吳應天，《文章結構學》（北京：中國人民大學，1989 年 8 月第 1 版二刷）。
5. 夏薇薇，《辭章賓主法析論》（臺北：文津出版社，2002 年，11 月初版）。
6. 陳佳君，《虛實章法析論》（臺北：文津出版社，2002 年，11 月初版）。
7. 陳滿銘，《文章結構分析》（臺北：萬卷樓圖書公司，1999 年 5 月初版）。
8. 陳滿銘，《章法學新裁》（臺北：萬卷樓圖書公司，2001 年 1 月初版）。
9. 陳滿銘，《章法學論粹》（臺北：萬卷樓圖書公司，2002 年 7 月初版）。
10. 陳滿銘，《章法學綜論》（臺北：萬卷樓圖書公司，2003 年 6 月初版）。
11. 鄭頤壽，《辭章學導論》（臺北：萬卷樓圖書公司，2003 年 11 月初版）。
12. 鄭頤壽，《辭章學新論》（臺北：萬卷樓圖書公司，2004 年 5 月初版）。

二、風格研究專書

1. 王明居，《唐詩風格美新探》（濟南：齊魯書社，1987 年 6 月第 1 版）。
2. 朱榮智，《文氣論研究》（臺北：學生書局，1986 年 3 月初版）。

3. 吳功正，《文學風格七講》（上海：上海文藝出版社，1983 年 3 月 1 版）。

4. 李伯超，《中國風格學源流》（長沙：岳麓書社，1998 年 3 月第 1 版）。

5. 林淑貞，《詩話論風格》（臺北：文津出版社，1999 年 7 月初版）。

6. 周振甫，《文學風格例話》（上海教育出版社，1989 年 7 月一版一刷）。

7. 姜岱東，《文學風格概論》（濟南：山東教育出版社，1996 年第 1 版）。

8. 殷光熹，《唐宋名家詞風格流派新探》，昆明：雲南教育出版社，1993 年第 1 版）。

9. 張德明，《語言風格學》（臺北：麗文文化公司，1995 年 10 月初版）。

10. 黃美鈴，《唐代詩評中風格論之研究》（臺北：文史哲出版社，1982 年 2 月初版）。

11. 程祥徽，《語言風格初探》（臺北：書林出版社，1991 年 1 月初版）。

12. 程祥徽，《語言風格學》，桂林：廣西教育出版社，2000 年 8 月第 1 版）。

13. 詹，金英，《文心雕龍的風格學》（臺北：正中書局，1994 年 4 月臺初版）。

14. 楊成鑒，《中國詩詞風格研究》（臺北：洪葉文化公司，1995 年 12 月初版）。

15. 楊海明，《唐宋詞風格論》，上海社會科學院，1986 年 3 月第 1 版）。

16. 黎運漢，《漢語風格探索》（北京：商務印書館，1990 年 6 月第 1 版）。

17. 黎運漢，《漢語風格學》，廣州：廣東教育出版社，2000 年 2 月第 1 版）。

18. 蔡鐘翔等，《自然・雄渾》（北京：中國人民大學出版社，1996 年 10 月第 1 版）。

19. 蔣伯潛，《體裁與風格》（臺北：世界書局，1971 年 9 月三版）。

20. 顏瑞芳等，《風格縱橫談》（臺北：萬卷樓圖書公司，2003 年 2 月初版）。

三、詩、詞、文評及一般文學理論

1. 木齋，《唐宋詞流變》（北京：京華出版社，1997 年 7 月第 1 版）。

2. 王元化，《文心雕龍創作論》（上海古籍出版社，1979 年第 1 版）。

3. 王國維，《人間詞話》（臺北：三民書局，2000 年 5 月再版）。

4. 艾治平，《婉約詞派的流變》（瀋陽：遼寧大學出版社，2000 年 5 月第 1 版二刷）。

5. （清）何文煥，《歷代詩話》（北京：中華書局，1981 年 4 月第 1 版）。

6. 周英雄，《結構主義與中國文學》（臺北：東大圖書公司，1983 年 3 月初版）。

7. 柯慶明，《境界的再生》（臺北：幼獅文化公司，1977 年 5 月第 1 版）。

8. 韋勒克等，《文學論——文學研究方法論》（臺北：志文出版社，1979 年 6 月初版）。

9. 唐圭璋，《唐宋詞簡釋》（臺北：木鐸出版社，1982 年 3 月初版）。

10. 唐圭璋，《詞話叢編》（北京：中華書局，1996 年 6 月第 1 版四刷

11. 張春榮，《修辭散步》（臺北：東大圖書公司，1993 年 9 月九版

12. 許琇禎，《台灣當代小說縱論》（臺北：五南圖書公司，2001 年 5 月初版）。

13. 陳引馳，《女性主義文學批評》（臺北：駱駝出版社，1995 年 7 月一版）。

14. 陳弘治，《唐五代詞研究》（臺北：文津出版社，1985 年 3 月再版）。

15. 陳望道，《修辭學發凡》（臺北：文史哲，1989 年 1 月再版）。

16. 陳滿銘，《詞林散步—唐宋詞結構分析》（臺北：萬卷樓圖書公司，1990 年 1 月初版）。

17. 陳滿銘，《蘇辛詞論稿》（臺北：文津出版社，2003 年 8 月初版）。

18. （清）陳廷焯，《白雨齋詞話》（上海：上海古籍出版社，1984 年 5 月第 1 版）。

19. 華諾文學編譯組，《文學理論資料匯編》（臺北：丹青圖書公司，1988 年 10 月再版）。

20. 曹晃，《修辭學》（上海：商務印書館，1943 年出版）。

21. 屠隆，《鴻苞集》（臺南：莊嚴文化事業公司影印明萬曆三十八年茅元儀刻本，1995 年 9 月初版）。

22. 費經虞，《雅倫》（臺南：莊嚴文化事業公司影印四庫全書存目叢書，1997 年 6 月初版）。

23. 黃永武，《字句鍛鍊法》（臺北：商務印書館，1996 年 8 月二版二刷）。

24. 黃永武，《中國詩學——設計篇》（臺北：巨流圖書公司，1999 年 9 月初版 12 印）。

25. 黃慶萱，《修辭學》（臺北：三民書局，2002 年 10 月增訂三版一刷）。

26. 曾國藩，《評注古文四象》（上海有正書局排印本，1917 年）。

27. 曾棗莊，《蘇詞彙評》（成都：四川文藝出版社，2000 年 1 月初版）。

28. （清）楊倫箋注，《杜詩鏡銓》（臺北：華正書局，1990 年 9 月初版）。

29. 鄭子瑜等，《中國修辭學通史》，長春：吉林教育出版社，2001 年 2

月第 1 版二刷）。

30. 鄭奠等，《古漢語修辭學資料彙編》（臺北：明文書局，1984 年 9 月初版）。

31. 劉揚忠，《唐宋詞流派史》（福州：福建人民出版社，1999 年 2 月第 1版）。

32. 謝无量，《詩學指南》（臺北：中華書局，1958 年臺一版）。

33. 羅蘭・巴特，《戀人絮語》（臺北：桂冠圖書公司，1991 年 2 月初版）。

34. 羅蘭・巴特，《寫作的零度》（臺北：桂冠圖書公司，1998 年 2 月初版）。

四、詩、詞、文集

1. 王更生，《蘇軾散文研讀》（臺北：文史哲出版社，2001 年 2 月初版）。

2. 石聲淮等，《東坡樂府編年箋注》（臺北：華正書局，1993 年 8 月初版）。

3. 夏承燾，《姜白石詞編年箋校》（上海：上海古籍出版社，1998 年 12月 1 版）。

4. 唐圭璋等，《唐宋詞鑑賞集成》（臺北：五南圖書公司，2001 年 12 月初版）。三刷）。

5. 常國武，《新選宋詞三百首》（北京：人民文學出版社，2000 年 1 月第 1 版）。

6. 曾國藩，《曾文正公集》（臺北：世界書局）。

7. 陳滿銘等，《唐宋詩詞評注》（臺北：文津出版社，1983 年 11 月出版）。

8. 曾棗莊等，《蘇辛詞選》（臺北：三民書局，2000 年 11 月初版）。

9. 龍沐勛，《東坡樂府箋》（臺北：商務印書館，1999 年 9 月臺一版 7刷）。

10. 劉乃昌，《姜夔詞新釋輯評》（北京：中國書店，2001 年 1 月第 1 版）。

五、經、史、哲學研究專書

1. 方生，《後結構主義文論》（濟南：山東教育出版社，1999 年 4 月第 1版）。

2. 皮亞杰，《結構主義》（上海：商務印書館，1985 年 9 月第 1 版五刷）。

3. 克莉絲・維登，《女性主義實踐與後結構主義理論》（臺北：桂冠圖書公司，1997 年 3 月初版）。

4. 余培林，《老子讀本》（臺北：三民書局，1990 年 11 月九版）。

5. （漢）孟喜，《孟喜易章句》，漢學堂叢書，清光緒十九年甘泉黃氏刻本）。

6. 易中天，《新譯國語讀本》（臺北：三民書局，1995 年 11 月初版）。

7. （宋）邵雍，《皇極經世書》（臺北：廣文書局，1988 年 7 月初版）。

8. （宋）周敦頤，《周子全書》（臺北：武陵出版社，1990 年 2 月初版）。

9. 洪順隆，《左傳論評選析新編》（臺北：中國文化大學出版部，1982 年 10 月初版）。

10. 姜國柱，《中國歷代思想史・先秦卷》（臺北：文津出版社，1993 年 12 月初版）。

11. 張立文，《中國哲學邏輯結構論》（北京：中國社會科學，2002 年 1 月第 1 版）。

12. 張其和，《孫子兵法》（臺北：長榮文化事業部，2001 年 9 月初版二刷）。

13. 陳波，《邏輯學是什麼》（臺北：五南圖書公司，2002 年 5 月初版）。

14. 黃復山，《東漢讖緯學新探》（臺北：學生書局，2000 年 2 月初版）。

15. 黃壽祺等，《周易譯註》（臺北：頂淵文化公司，2000 年 2 月初版）。

16. 黃慶萱，《周易縱橫談》（臺北：東大圖書公司，1995 年 3 月初版）。

17. 楊大春，《解構理論》（臺北：揚智出版社，1997 年 7 月初版四刷）。

18. 鄔昆如等，《理則學》（臺北：黎明文化事業公司，1984 年 12 月再版）。

19. 趙安郎，《孫子兵法百戰韜略》，南京：東南大學，1994 年 5 月第 1 版四刷）。

20. 劉福增，《老子哲學新論》（臺北：東大圖書公司，1999 年 3 月初版）。

21. 劉君祖撰述，《人物志》（臺北：金楓出版社，1999 年 4 月革新一版）。

22. 蔡崇名校注，《新編人物志》（臺北：臺灣古籍出版社，2000 年 11 月初版）。

23. 賴炎元，《春秋繁露今註今譯》（臺北：台灣商務印書館，1984 年 5 月初版）。

24. 錢志純，《理則學》（臺北：輔仁大學出版社，1986 年 7 月三版）。

25. 鍾肇鵬，《讖緯論略》，北：洪葉文化出版）。公司，1994 年 9 月初版）。

26. 戴璉璋，《易傳之形成及其思想》（臺北：文津出版社，1997 年 2 月初版二刷）。

27. 顏澤賢，《現代系統理論》（臺北：遠流出版社，1993 年 8 月初版）。

28. 羅青，《什麼是後現代主義》（臺北：學生書局，1993 年 10 月二版）。

六、美學、心理學研究專書

1. 王次炤，《音樂美學新論》（臺北：萬象圖書公司，1999 年 6 月一版二

刷）。

2. 王秀雄，《美術心理學》（臺北市立美術館，1991 年 11 月修訂版）。

3. 毛崇杰，《顛覆與重建——後批評中的價值體系》（北京：社會科學文獻出版社，2002 年 5 月第 1 版）。

4. 卡爾・西蕭，《音樂美學》（臺北：全音樂譜出版社，1981 年 6 月二版）。

5. 艾立克・佛洛姆，《人類破壞性的剖析》（臺北：牧童出版社，1975 年 2 月初版）。

6. 朱光潛，《西方美學史》（臺北：頂淵文化公司，2001 年 6 月初版）。

7. 吳功正，《中國文學美學》，南京：江蘇教育出版社，2001 年 9 月第 1 版）。

8. 李元洛，《詩美學》（臺北：東大圖書公司，1990 年二月初版）。

9. 李澤厚，《華夏美學》（天津：天津社會科學院，2001 年 11 月第 1 版）。

10. 宗白華，《美從何處尋》（臺北：駱駝出版社，1987 年 8 月初版）。

11. 邱明正，《審美心理學》（上海：復旦大學出版社，1993 年 4 月第 1 版）。

12. 胡經之等，《文藝學美學方法論》（北京：北京大學出版社，1995 年 4 月第 1 版二刷）。

13. 庫爾特・考夫卡，《格式塔心理學原理》（臺北：昭明出版社，2000 年 7 月第 1 版）。

14. 孫敏華等，《軍事心理學》（臺北：心理出版社，2001 年 11 月初版）。

15. 郭因，《中國古典繪畫美學》（臺北：丹青出版社，1986 年 5 月台一版）。

16. 陳雪帆，《美學概論》（臺北：文鏡文化公司，1984 年 12 月重排出版）。

17. 陳望衡，《中國古典美學史》（湖南教育出版社，1998 年 8 月第 1 版）。

18. 張法，《中西美學與文化精神》（臺北：淑馨出版社，1998 年 10 月初版）。

19. 張洪模，《音樂美學》（臺北：洪葉文化出版）。公司，1993 年 12 月初版）。

20. 張紅雨，《寫作美學》（高雄：麗文文化公司，1996 年 10 月初版）。

21. 張涵，《美學大觀》（南人民出版社，1988 年 1 月第 1 版二刷）。

22. 張涵等，《影視美學》（太原：山西人民出版社，1989 年 7 月第 1 版）。

23. 常懷生，《建築環境心理學》（臺北：田園城市文化事業公司，1996 年 9 月初版二刷）。

24. 童慶炳，《中國古代心理詩學與美學》（臺北：萬卷樓圖書公司，1994

年8月初版）。

25. 童慶炳，《文藝心理學教程》（北京：高等教育出版社，2001年7月第1版二刷）。

26. 葉太平，《中國文學之美學精神》（臺北：水牛出版社，1998年7月初版）。

27. 楊，辛等，《美學原理》（北京：北京大學出版社，1989年2月第1版四刷）。

28. 楊曾憲，《審美鑑賞系統模型》（北京：人民文學出版社，1994年6月第1版）。

29. 漢寶德，《環境心理學——建築之行為因素》（臺北：明文書局，1985年5月再版）。

30. 劉雨，《寫作心理學》（高雄：麗文文化公司，1995年3月初版）。

31. 劉思量，《藝術心理學》（臺北：藝術家出版社，1992年元月二版）。

32. 蔣一民，《音樂美學》（臺北：五南圖書公司，1993年11月初版）。

33. 蔣孔陽，《美學新論》（北京：人民文學出版社，1995年9月第1版二刷）。

34. 蔣孔陽等，《西方美學通史》，上海文藝出版社，1999年12月第1版）。

35. 魯道夫‧阿恩海姆，《藝術心理學新論》（臺北：商務印書館，1992年12月台灣初版）。

36. 錢谷融等，《文學心理學》（臺北：新學識文教中心，1990年9月台初版）。

37. 歐陽周等，《美學新編》，杭州：浙江大學出版社，2001年5月第1版九刷）。

38. 蘇珊‧朗格，《情感與形式》（臺北：商鼎文化出版社，1991年10月初版）。

七、學位論文

1. 方碧玉，〈魏晉人物品評風尚探究〉（中興大學中文所碩士論文，1996年）。

2. 王萬儀，〈經驗與形式之間——姜夔的遊士生涯與其詞作關係之研究〉（清華大學文學研究所中文組碩士論文，1994年）。

3. 朴敬姬，〈世說新語中人物品鑒之研究〉（政治大學中文所碩士論文，1982年）。

4. 洪麗玫，〈東坡人格與風格的美學研究〉（中央大學中文所碩士論文，2000年）。

5. 張蓓蓓,〈漢晉人物品鑒研究〉(臺灣大學中文所博士論文,1984 年)。

6. 賈元圓,〈六朝人物品鑒與文學批評〉(東吳大學中文所碩士論文,1985 年)。

7. 蔡英俊,〈六朝風格論之理論與實踐探究〉(臺灣大學中文所碩士論文,1980 年)。

8. 鄭根亨,〈文心雕龍風格論探究〉(東吳大學中文所碩士論文,1992 年)。

9. 劉曼麗,〈東坡詞的風格與技巧研究〉(東海大學中文所碩士論文,1989 年)。

八、期刊論文

1. 千華,〈風格的綜合一種可能性——「文心雕龍·體性」解讀〉(《北京師大學報》,1995.6),頁 61～67。

2. 王力堅,〈理論的剛柔分野與創作的柔美趨歸——論六朝文學風格型態〉(《中國國學》,1996.10),頁 167～181。

3. 王希杰,〈章法學門外閒談〉(《國文天地》,2002.10),頁 97。

4. 王志強,〈文學風格的多層次結構〉(《江漢論壇》,1986.4),頁 41～46。

5. 王更生,〈劉勰文心雕龍風格論探析〉(《師大學報》第 36 期,1991),頁 139～157。

6. 王佑江,〈文學風格的內部結構與外部考察〉(《文學評論》,1993.5),頁 159～160。

7. 仇小屏,〈談詩文中的「眾寡」結構〉(《國文天地》,2000.7),頁 79～85。

8. 仇小屏,〈論章法的對比與調和之美〉,《修辭論叢》第四輯(臺北:洪葉文化公司,2002.6 初版),頁 118～147。

9. 仇小屏,〈論辭章法的移位、轉位及其美感〉(《辭章學論文集》(福州:海潮攝影藝術出版社,2002.12 一版一刷),頁 98～122。

10. 毛慧玉等,〈古代散文理論中「文氣說」的風格美指向〉(《武漢大學學報》,1993.2),頁 114～118。

11. 石朝穎,〈美學的顛覆與建構〉(《哲學雜誌》,1995.01 頁 146～161。

12. 包根弟,〈劉熙載「詞概」風格論探析〉(《輔仁國文學報》第 17 期,2001.11),頁 219～243。

13. 朱捷,〈人品·創作·風格〉(《山西師院學報》,1980.4),頁 16～20。

14. 吳爲章,〈淺談個人風格〉(《安徽大學學報》,1978.2),頁 40～44。

15. 李丕顯，〈藝術格瑣談〉（《文藝研究》，1982.5），頁 70～75。

16. 李若鶯，〈詞家與詞作風格〉（《高雄師大學報》第 6 期，1995），頁 199～213。

17. 何修仁，〈從風格論探討司空圖的雄渾觀〉（《聯合學報》第 12 期，1994.11），頁 459～478。

18. 易存國，〈中國審美文化中的時間概念〉（《古今文藝》，2002.2），頁 49～55。

19. 易存國，〈審美文化學新探〉（《古今藝文》，2002.11 頁 4～24。

20. 柯慶明，〈從「亭」、「臺」、「樓」、「閣」說起——論一種另類的遊觀美學與生命省察〉（《臺大中文學報》，1999.05），頁 127～183。

21. 姚亞平，〈論漢語修辭的簡潔風格〉（《修辭學習》，1994.4），頁 9～10。

22. 俞元桂，〈劉勰對文章風格的要求〉（《文學遺產增刊》，11 期），頁 43～47。

23. 孫耀煜，〈我國古代文學理論中的風格論〉（《文科教學》，1981.1），頁 64～69。

24. 唐松波，〈漢語傳統詩歌的語言風格〉（《修辭學習》，1993.3），頁 88～92。

25. 陳炎，〈「建構」與「解構」：儒道互補的美學功能〉（《文明探索叢刊》，1999.07），頁 63～77。

26. 陳佳君，〈論章法之族性〉（《辭章學論文集》（福州：海潮攝影藝術出版社，2002.12 一版一刷），頁 145～163。

27. 陳思，〈中國古典風格理論的演進〉（《求索》，1993.3），頁 88～92。

28. 陳滿銘，〈論篇章的「點染」結構〉（《國文天地》，2002.4），頁 100～104。

29. 陳滿銘，〈論篇章的「敲擊」結構〉（《國文天地》，2002.6），頁 96～101。

30. 陳滿銘，〈論「因果」章法的母性〉（《國文天地》，2002.12），頁 94～101。

31. 陳滿銘，〈論章法的哲學基礎〉（《臺灣師大國文學報》，2002.12），頁 87～126。

32. 陳滿銘，〈從意象看辭章之內涵〉（《國文天地》，2003.10），頁 97～103。

33. 陳滿銘，〈《中庸》「多」、「二」、「一（○）」螺旋結構論〉（《經學論叢》第三輯，2003.12），頁 214～265。

34. 張志公，〈詞章學？修辭學？風格學？〉（《中國語文》，1961.8），頁

17～20。

35. 張須，〈「風格」考源〉（《中國語文》，1961.10），頁 95～96。

36. 張涵，〈藝術的風格美〉（《中州學刊》，1985.1），頁 73～77。

37. 張美娟，〈「境界」美學意涵新詮釋〉（《鵝湖》，2002.06 頁 45～54。

38. 張會恩等，〈論古代文采風格及其審美價值〉（《湖南師大學報》，1990.6），頁 87～91。

39. 張德林，〈文學評論的個性與風格〉（《文學評論》，1983.6），頁 118～120。

40. 程千帆等，〈蘇軾的風格論〉（《成都大學學報》，1986.1），頁 3～12。

41. 彭國元，〈論詞曲風格的互化〉（《衡陽師專學報》，1992.5），頁 104～108。

42. 黃廣華等，〈劉勰論作家的風格〉（《文史哲》，1961.3），頁 63～65。

43. 賈沛若，〈摹神取象，無美不臻——談「二十四詩品」風格論的形象描述〉（《文史雜誌》，1995.4），頁 20～22。

44. 葉崗，〈文體意識與文學史體例〉（《中國文哲研究集刊》17 期，2000.09），頁 217～236。

45. 葉長海，〈中國藝術虛實論〉（《中國文哲研究所通訊》，1996.9），頁 25～44

46. 詹志禹，〈因果關係與因果推理〉（《政治大學學報》67 期上冊，1993.10），頁 1～15。

47. 楊東籬，〈「意境」與「美的理念」——中西美學理論本體的比較研究〉（《古今藝文》，2000.08），頁 4～17。

48. 楊國蘭，〈由詩品論風格與意境〉（《育達學報》，1999.12），頁 52～61。

49. 榮偉，〈論文藝的風格型態〉（《文藝研究》，1989.3），頁 29～34。

50. 廖宏昌，〈古代文論中的「不即不離」說〉（《中山人文學報》，1997.01），頁 121～135。

51. 蔡潤田，〈才性與風格——讀「文心雕龍·體性」〉（《晉陽學刊》，1985.6），頁 80～84。

52. 劉思量，〈傳統繪畫中的空間表現〉（《藝術評論》，2001.12），頁 203～239。

53. 劉錦賢，〈時間論〉（《臺北科技大學學報》，1999.3），頁 525～542。

54. 鄭星雨等，〈論何為散文的藝術風格〉（《四川大學學報》，1981.1），頁 56～62。

55. 鄭頤壽，〈中華文化沃土，辭章學圃奇葩—讀陳滿銘《章法學新裁》

及其相關著作〉(《海峽兩岸中華傳統文化與現代化研討會論文集》，2002.5)，頁 131～139。

56. 樊美筠，〈中國古典美學中的多元論〉(《中國文化月刊》，1997.03)，頁 95～105。

57. 穆克宏，〈劉勰的風格論芻議〉(《福建師大學報》，1980.1)，頁 61～67。

58. 蕭馳，〈中國傳統詩學中的超越與本在：「二十四詩品」中的一個重要意涵的探討〉(《中國文哲研究集刊》第 12 期，1998.03)，頁 167～204。

59. 蕭振邦，〈魏晉前期審美觀的轉化與特色暨「人物志」的美學意義〉(《國立中央大學人文學報》，1991.06)，頁 161～186。

60. 叢金玉，〈鍾嶸風格理論漫評〉(《河南師大學報》，1988.3)，頁 43～46。

61. 蘇兆富，〈談談文學風格創造的獨特性〉(《語文月刊》，1991.6)，頁 26～27。

62. 嚴雲受，〈略論中國文學的美學風格與發展道路〉(《文學遺產》，1987.5)，頁 1～9。